ナスターシャ
「あまり私の好みの
見た目ではないが……
装備すると、こうか？」

ウルリカ

思い返すのは、
天幕で一緒に寝た時の……
モングレルさんのがっしりとした身体。
弓の腕前はへっぽこだけど、
料理は上手だし、
色々と……私の知らなかったことも、詳しいし。
手も私と違って骨ばってたな……。
「……身体、
ゴツゴツしてたなぁ……」

モングレル
「ていっ」
「痛っ!?」
ライナ

バスタード・ソードマン3

BASTARD・
SWORDS-MAN

ジェームズ・リッチマン

［ILLUSTRATOR］
マツセダイチ

CONTENTS

プロローグ

BASTARD・SWORDS-MAN

平和ってのは良いもんだとつくづく思う。

デフォで治安の悪いこの世界だからこそ、逆に平和を実感できる機会は多い。

俺が今暮らしているレゴールの街中ではちょくちょく衛兵の姿を見かける。たまーに性格の悪い奴《やつ》に目をつけられると面倒ではあるが、彼らが街中にいるおかげで犯罪率は低くなっているし、ある程度景観も守られる。衛兵様々だ。彼らがいなければ、レゴールはすぐに無法地帯に変わってしまうだろう。

街を取り囲む立派な城壁もありがたい。大きな壁が外側に聳《そび》え立《た》っているだけで魔物は容易《たやす》くレゴールを襲えないし、お尋《たず》ね者《もの》も入り込み難《にく》くなっている。原始的な守りではあるが、原始的な世界だからこそ重要な設備と言える。

そしてギルドの存在も忘れちゃいけないよな。ギルドが俺たちのようなならず者一歩手前の連中をまとめ上げ、仕事を用意してくれるおかげで街中が穏やかになっている。失業者や無職のチンピラのためのセーフティーネットっつうのかね。とにかく有ると無いとじゃえらい違いだと思うぜ。

プロローグ

　だからやっぱ、色々なものがある街ってのは平和で暮らしやすいのさ。牧歌的な村も景色は悪くないけどな。俺としちゃ安全で住《す》み心地《ごこち》が良いのはどうしてもレゴールみたいな、ある程度の大きさの街になるね。まあ、相応に人は多いし騒がしい部分や汚い部分もあったりはするが、それを差し引いても拠点にして過ごすだけの価値はあるんだよ。

　それに、俺たちギルドマンにとってはバロアの森っていう、自然豊かな仕事場が近くにあるからな。都会の喧騒《けんそう》にうんざりしたら、そっちに籠もるって手段も取れるわけ。なんてこった。これはもうレゴールを拠点にして暮らすしかねえな。

　都会の便利さ、安全さ。自然の豊かさ、心地良《ここちよ》さ。その両方が揃《そろ》っているからこそ、俺はここレゴール領を気に入っている。

　開拓村でのクソ不便な日々を経験したからこそ、そう思えるんだろうけどな。

　……まぁけど。そうは言っても、開拓村での日々も……悪くはなかったんだけどな。

第一話　野鳥狩りの拠点

以前ライナと約束した野鳥狩りにやってきた。

場所はバロアの森の北寄り。東からガーッと道沿いに行くよりもまぁまぁ人の少ない、穴場みたいなものかな。

どうやってライナがあの〝アルテミス〟の保護者たちを説得してきたのかは謎だが、一日夜営しての本格的な狩りを行う予定だ。俺は予定なんてあってないようなもんだから平気だけど、ライナは問題ないのだろうか。

「むしろ〝アルテミス〟に入る前の方が夜営したりとか危ないこと散々やってたっスから。今更っスよ」

「まぁ確かにな」

金のないギルドマンは宿に泊まるのも一苦労だ。隙間風の吹く安宿での相部屋《あいべや》と夜営のどちらが良いかと聞かれたら、即答できない奴《やつ》も多いだろう。不衛生な宿で寝るくらいなら俺は絶対に夜営の方が良い。チクチクするシーツ、小さな生き物が這《は》い回《まわ》っている天井、他人のいびき……無理無理、耐えられん。

BASTARD・SWORDS-MAN

第一話　野鳥狩りの拠点

「今日は森で一泊して、まぁ明日適当に帰る感じになるか」

「帰るまでにたくさん獲《と》りたいっスね」

「だな」

　春からは様々な種類の魔物や動物に対して狩猟許可が下りる。

獲ったら獲っただけ金になるのだから、森も賑《にぎ》わうというものだ。外気温も上がって無理なく夜営できるしな。

「……モングレル先輩は随分大荷物っスね」

「そうか？　俺は夜営する時は大体このセットを持ち歩いてるぞ」

「マジっスか。そういえばモングレル先輩と一緒に夜営したことはなかったっスね？」

「あー確かに。言われてみれば初めてか。じゃあ今日は俺が美味《うま》い飯作ってやるから、期待しとけよ」

「やったぁ」

　一晩森に寝泊まりするので、俺は普段は持ち出さない大きめの背嚢《はいのう》を持ってきている。お泊まりセット一式《いっしき》だ。それに加えて少し大きめの鍋もあるから余計に嵩張《かさば》っていた。

　逆にライナの方は普段の装備とあまり変わらない。荷物がやや大きくなって、マントを上から羽織《はお》っているくらいだろう。長いマントは夜間に土の上で寝そべったり座ったりする時に便利なんだよな。俺はあまり使わないけど。

「ひとまず森を歩いてベース決めたいっスね。ほどほどに川が近い方が楽っスよ」

「おう。それまでに獲物見つけたら射ち落として良いんだな?」

弓剣の弦をみょんみょん鳴らす。楽しい。

「そっスねぇ。良い獲物が見つかると良いんスけど」

「この時期は何がいるんだろうな。普段鳥狙わないから全然詳しくないんだよな。マルッコ鳩《ばと》とかか?」

「あーこの時期はまだマルッコ鳩が肥えてないんで微妙なんスよね。それよりも求愛の綿毛が大きくなってるパフ鳥が狙い目っス」

「へー」

パフ鳥といえば、求愛の時期になると全身の綿毛をこんもりと隆起させ、毛玉のような見た目になる鳥だ。結構目立つ見た目してるから見たことはある。

落ちてる死骸《しがい》も何度か見たことあるけど、丸い玉のようなフワフワの胸毛が特徴的だった。あの綿毛、火口《ほくち》にしたけど結構火の着きがよかったな……。

「あ、噂《うわさ》をすれば……あそこにいるっス」

「お!」

ライナが指差す方を見上げてみると、そこには分かりやすーい鳥がいた。

薄茶色の羽根をこんもりさせた、マリモのような蜂《はち》の巣《す》のような見た目の不細工な鳥だ。

「モングレル先輩、狙ってみないスか」

「えー俺はまだいいよ。ライナ狙ってくれ」

「何事も練習スよ？」

「……獲物が逃げたらごめんな」

「大丈夫っス。動く獲物を狙う訓練は大事っスよ」

ライナに諭され、恐々《こわごわ》と弓を構える。パフ鳥の止まっている木は十二メートルほど先にあり、決して遠くはない。むしろ近いくらいだ。

「先に謝っとくわ。外した」

「外すつもりで射ってたら当たる矢も当たらないスよ。冬の練習思い出して……そう、目の位置で……」

木の枝の上。樹上を狙うのは初めてなので構えに少し戸惑《とまど》ったが、ライナのアドバイスを聞きながら構えを修正しつつ、狙いを定める。

……よし、いける。

その綺麗《きれい》な羽根を吹っ飛ばしてやるぜ！

「ポポポッ」

「あー外れた」

俺が放った矢は普通に外れた。掠《かす》りもせずパフ鳥の一メートル近く右の枝葉を貫いていったようだ。

パフ鳥は間抜けそうな面のわりに流石《さすが》に野生としての危機感は持っていたのか、瞬《また》く間《ま》に飛び去ってゆく。……モコモコした身体のわりに、飛び立つのは結構素早いな。

「良いじゃないスか。狙った場所の近くに矢が飛んでくなら上手《うま》くなった方スよ」

「褒めて伸ばすねぇ。畜生、当てたかったぜぇ」

「練習あるのみっスね」

そして外した時は明後日《あさって》の方向に飛んだ矢を回収するという面倒な作業も待っている。

俺はどちらかといえばこの作業が面倒で嫌いなタチだ。

ライナが矢の羽根に目立つ色をつけておけと言った理由が少しわかる。森の中だと本当に捜すのめんどくせーなこれ。


「ここが水場も近くていいかもしれないっスね」

「焚き火《たび》の跡もあるしな。今日はここを拠点にして動くとするか」

しばらく歩き通し、昼頃。俺たちは古い石造りのかまど跡が残る場所を拠点と定めた。

ベースキャンプってやつだ。重い荷物をこの場に残し、罠《わな》や魔物避《まものよ》けを張っておけばだいたいの場合は問題ない。同じギルドマンに拠点を荒らされるリスクはあるが、そこは祈るしかないな。俺たちのいる場所ならそうそう人も来ないだろうが……。

「明るいうちにもっと鳥を仕留めたいとこっスねぇ」

「……まさか拠点への通り道だけで三羽も仕留めるとはな。さすが〝アルテミス〟の若き精鋭だ」

「春はパフ鳥多いっスから」

ベースキャンプを作る前なのに、ライナは既に三羽も獲っている。

射って一発で当たるのもそうだが、獲物を見つける嗅覚《きゅうかく》みたいなのも凄《すさ》まじい。しっかりと辺りに気を配ってるっていうのかな……俺はなんかそのあたりダメだ。木の上よりも春の野草の方が気になってくる。

まぁ今はそれよりも、こっちのデカい道具の設営を先に済ませちまおうか。

「……あれ、モングレル先輩なんスか、その筒……鎧《よろい》……？」

「ん？　ああこれ？　これは煙突だよ」

「煙突⁉」

なるほど、確かにこの筒状の金属を見たら板金鎧の一部だと勘違いしてもおかしくはない。けどこれは俺が大枚をはたいて作らせた、良い感じのキャンプ道具なのだ。

「この筒の中にこれよりも小さな筒が収まってってな」

「おー……」

「これを、まぁ上下逆にしながら決まった方向に組んでいくと……一本の長い筒になる。まぁ長いって言っても二メートルくらいしかないんだが」

「ほんとだ、繋《つな》がってる。へー……でも煙突って家にあるやつっスよね。どうするんスか、これ」

キャンプなどでは薪《まき》ストーブなんかを使う人がいる。

俺の持ってるこの長い筒に、箱型の燃焼室をくっつけたようなやつだな。その箱の中に薪を入れて燃やすと、煙が煙突を通って上に逃げていく。煙が上に逃げるから煙くないし、煙突効果で効率よく薪が燃えてあったけえってわけよ。

ただ、俺が持ってきたのはただの煙突だけ。肝心の薪を燃やす箱部分がない。

何故《なぜ》持ってこなかったのか。答えは簡単。箱の持ち運びにくさが洒落《しゃれ》にならないからだ。筒だけならマトリョーシカ風に纏《まと》められるから我慢できるが、ストーブ本体を持ち運ぼうとするとさすがに重いし嵩張りすぎる。少なくともデカい鍋と一緒に持ち運べるものではない。

「ストーブ部分はこれを使う」

「……あ、石の焚き火跡から」

「そう。この石組みを工夫してな、長方形にしてから……煙突を立てて固定する。で、かまどの上に蓋をするようにしてこの鉄板だけ乗せてやれば、まぁ大体完成だな」

「おー」

俺が持ってきたのは煙突とストーブの天板のみ。後は石とか土で毎回なんとかしている。どうせ何日も粘って寝泊まりするわけでもないからな。持ち込む道具も適当に絞ってるわけだ。

「今日はライナが獲ってくれたパフ鳥で美味いスープを作るからな。俺も弓の練習はするが、メインは任せたぜ」

「！　もちろんっス！　私が獲る役やるんで、モングレル先輩は捌《さば》く役っスからね！　ちょっとこの近くで狩ってくるっス！」

「おうおう、任せろよ。あ、厄介《やっかい》そうな魔物出たらすぐに大声出して呼べよな。弓使い単独は危ないから」

「はーい！」

わかってるのかわかってないのか、ライナは楽しそうに駆け出していった。

……まぁこの辺りは鳥ばかりだし、それ以外がいたとしてもゴブリンかそこらだろう。遠くにいかなければそこまで危険はないか。少しくらいは分担作業するのも悪くはない。

「しっかし本当にふわふわした鳥だな……毟《むし》ったそばからふわふわと……へっくし！」

パフ鳥の羽毛は綿のように軽くて柔らかい。毟ると埃《ほこり》が立つようにブワッと舞ってくしゃみが出る。しかしこのフワフワしたものを大量に集め、薄手の革に突っ込んでやると最高級のクッションになるのだとか。ダウンジャケットとか羽毛布団とかと同じだな。ライナが言うには、相当な量を集めればなかなか良い値段で売れるらしい。だから捨てられない。本当は焼いて消し炭にしてやった方が楽そうなんだけどね、この羽根……。

「あー血が酷《ひど》い。あーグロいグロい」

解体作業は川だ。首を落とし、腹を裂き、内臓を取り出して選《よ》り分《わ》け、重石で沈めて冷やしてやる。特に面倒なのは羽根だな。こいつを徹底的に毟る作業がまぁしんどい。ライナが言うには生きてる時にやった方がいいとの事だが、俺には無理だよ。絵面《えづら》的にもメンタル的にも厳しいっす。

「あ、クレータートード」

「ゲコ」

血を綺麗にしていたら、小川の向こう側から小柄なクレータートードがこちらにやってきた。

人間を恐れることなく真《ま》っ直《す》ぐパフ鳥を狙っている。こいつめー、それは俺とライナのパフ鳥だぞー。いい度胸してんじゃねぇかよー、ぁあー？

「汚れたついでになんならてめぇも一緒に解体してやるぜ……鳥よりもカエルの方が罪悪感はないからな」

「ゲコッ」

バスタードソードを構えた俺から殺気を感じ取ったか、クレータートードがジリッと姿勢を変える。カエルが跳躍《ちょうやく》する時の前動作だ。

クレータートードの得意技はその重量による踏みつけとキック。俺からすると全く敵ではない。逃げない分むしろ楽なくらいだ。

さあこい。さっさと来い。お前も一緒にスープの出汁にしてやるよ。

「お、来た……て、うわ」

クレータートードが跳んだ。それはわかった。

しかし予想外なのは、奴の着地地点が俺というよりその少し手前だったことで。

「ぶわっ⁉」

踏みつけには当たらなかったが、クレータートードが川に腹這《はらば》いダイブを決めた衝撃で飛沫《しぶき》が上がる。予想外の嫌がらせ攻撃だ。ムカつくがそれは直撃するより効いたぞ。

「服これしか持ってきてないんだが⁉」

「グゲッ」

サクッと間抜けなクレータートードの首を刎《は》ね飛《と》ばしてやったはいいが、服がずぶ濡《ぬ》れだ。くっそー、やってくれたわこいつ。

俺が一番嫌がる攻撃を的確にやってきやがったぜ。

「あーポケットの中まで……レゴールの美味しいご飯のくせによくもやりやがって……」

「先輩先輩、モングレル先輩ー、さっそくもう一羽仕留めて……うわっ、なんでそんな濡れてんスか！」

「聞いてくれよライナぁ、こいつがさぁ」

「……あははははっ！」

「笑うな馬鹿！　鳥よこせ！　解体するから！」

「はぁい！　また近くにいた奴仕留めてくるっス！」

ライナは俺に四羽目のパフ鳥を預けると、足早に去っていった。

……うーん、まだ鳥が生温かい。本当にいい腕してるなあいつ。

「あー解体終わんねぇー。これライナのペースに負けたりしないよな……？」

別にライナと何かを競っていたわけではなかったが、獲物を仕留めるペースより料理のペースが負けるのはなんか悔しい気がしたので、俺は大人気《おとなげ》なく解体を急ぎ始めた。

うーん、クレータートードを仕留めたのは気が早かったかもしれない。

第二話　狩人の豪華な晩餐

ずぶ濡《ぬ》れになった服を乾かしつつ、もう火を焚《た》いて調理することにした。まだ昼過ぎだが鍋の方は時間も掛かるし、他の料理も材料を漬け置きしなきゃならん。弓の練習はまぁ、鍋を火にかけてからだ。

パフ鳥の胸肉はなんちゃって唐揚げに、もも肉はシンプルな塩串焼きに、そして残った骨を使って鳥ガラスープを作ってみる。それ以外の肉は茹《ゆ》でてほぐして棒々鶏《バンバンジー》モドキかな。なにぶんタレらしいタレがないものだから思っていた味になってくれない。けどまぁ味付けがハルペリア風になるだけで、素材そのものは美味《うま》いからマシだ。少なくとも宿屋で出される飯よりはずっと美味い。

パフ鳥を切り分け、必要部位ごとに皿に入れる。胸肉は繊維を断つように削《そ》ぎ切りにして調味液にドボン。ああ、醤油《しょうゆ》が欲しい。もも肉は適当に切りつつ、骨は鍋へ放り込む。皮がグニグニしてて切りづらい。いや、皮はそれだけで串焼きにすればいいか。一気に剝いだれ。

あとは市場で買った香味野菜と、行きで摘んできたくっせぇ野草を鍋にぶち込んでひとまずこれでよし。

「……自分でファイアピストン作っといてなんだけど、こっちの方が早いんだよな」

この世界の着火具は火打ち石のような物の他、マッチに似た使い捨ての物もある。

俺が作ったファイアピストンはそれらと同じくらい便利な代物だったが、肝心の俺はあまり使ってない。

何故《なぜ》か。俺の馬鹿力できりもみ式火おこしをやった方が早いからだ。

きりもみ式ってのはあれな、木の棒を窪《くぼ》みに押しつけてスリスリ回転させまくるやつ。俺がやるとあまり疲れないし手も痛まない。強引に摩擦熱《まさつねつ》で発火するとこまで持っていけるから楽なんだ。文明もクソもないがパワーが全《すべ》てを解決してくれるのだから仕方がない。

「あとはまぁ適当に燃やし続けるだけだな」

薪《まき》は近くで立ち枯れていた細い木を丸々切り倒して使わせてもらっている。

バスタードソードと俺のパワーによる蛮族薪《まき》割《わ》りだ。マジで文明を感じない。けどこの世界で夜営するギルドマンはわりと似たような真似《まね》してるんだよな……。

「パフ鳥の鳥ガラスープなんて作ったことないけど、上手《うま》くいくんかな、これ」

前に一度マルッコ鳩《ばと》でやった時は骨が少なくて断念した。

しかし今回なら上手くいくはずだ。クレータートードの大きな骨も一緒にぐつぐつ煮てるからな。

「晩飯までに間に合えば良いんだが、さて」

煙突付きかまどの入り口に魔物避《よ》けの香木《こうぼく》を置き、魔物除《よ》けの煙を辺りに充満させる。

この香木から発せられる煙は魔物が嫌がる効果を持ち、なんとなく近づきたくないなーくらいの……まぁお守りくらいの影響力を発揮してくれる。俺が今まで使ってきた体感では安物の蚊取り線香くらいかな。微妙なとこだ。

「俺も弓の練習でもやってみるか」

しばらくはゴツい骨を煮続けるだけの待ちの時間だ。

それまでは俺もライナと同じように、弓で狩りごっこでも楽しむとしよう。


ライナは比較的近くにいた。水場に近いところで新たに二羽のパフ鳥を仕留めていたらしい。

「……モングレル先輩、なんで上半身インナーしか着てないんスか」

「さっき濡れたから火の近くで乾かしてるんだよ」

「ああ……こっちはもう潮時っスかね。拠点の周りからは鳥も消えたっぽいっス」

「いやーもう十分だろ。よくそんなたくさん仕留められたもんだ」

「えへへ」

俺もしばらく鳥を狙っていたのだが、惜しいところまではいっても命中まではいかない。躍起《やっき》になって近くから狙おうとしたら逃げられるし、散々だった。ほとんど射った矢を拾いにいく罰ゲームを続けていたようなものだ。

「弓使いって大変だな」

「弓使いの苦労、わかってもらったっスか」

「すげーよくわかった。日頃の練習大事だな」

「そうなんスよー。いきなり実戦だと本当に大変っス。こういう経験も大事なんスけどね」

森の日暮れは早い。俺たちは川辺で鳥を捌《さば》いたり、水を補給したりして、今日はもうベースキャンプに戻ることにした。


「うわ、なんか色々作ってるんスね」

「おう、そうだぞー。まぁ既にある程度進めてるから、今日一番の働き者は座ってゆっくりしててくれ」

「……なんか拠点が豪華になってるっス！」

ライナは主に、俺の三角テントを見て言っているようだった。

「はー……この内側で寝るんスね」

「ああ。普通の雨くらいなら凌《しの》げるぞ。土砂降りだったり、ちょっと風があると厳しいけどな。上から虫が落ちてくることもないし、安心安全だ」

ピラミッドの四面ある三角形のやつ。あれを三面分だけ用意すれば、ちょうど俺が今使ってるテントの形になるだろう。頂点の部分は長めの木の枝をポールとして支え、布の隅は小さめの枝をペグとして地面に固定している。半分オープン状態のテントだな。

マントを背にゴロンと夜営するのもこの世界では珍しくないが、寝返りを打てないのは地味に辛いし、たまに雨に降られた時がしんどかったので、夜営覚悟の任務の時は少し嵩《かさ》張《ば》るが簡易テントを持ち歩くようにしている。

「チャージディアのラグマット敷いてるから寝心地《ねごこち》良いぞー」

「おお……おおおー……」

ライナがテントのフロアに敷かれた鹿皮に吸い寄せられ、ゴロンと転がった。

気持ちはわかる。滑らかで気持ち良いよなそれ。

「そうやって布で壁を作っておくと焚き火の熱を受け止めてくれるから、結構暖かいんだよな」

「あー確かに、そうっスね。……モングレル先輩って色々と便利な物も持ってるっスよね」

「〝も〟ってなんだよ〝も〟って。俺は便利な物しか持ってないぞ」

「っスっス」

「ライナもたまには市場を見て回って、これだと思ったやつを買ってみると良いぜ。レゴールには発明家が大勢いるからな、掘り出し物も多いぞー」

「掘り出し物っスかぁ」

「駄目だぜライナぁ。若者なんだから俺より新しいものに飛びついていかなきゃよー。レゴールのギルドマンはそういうところで他所と差を付けていかなきゃな」

「うーん、新しいもの……新しいもの……」

ライナは素直で真面目《まじめ》だから、人の言うことやアドバイスを良く聞くし、実践する。けどその反面で、革新的な何かに触れることに対する欲求は薄いようだった。それはちょっと損な性格だと思う。

まぁ頑固な偏見があるわけでもないし、少しずつ変わっていけば良いだろうけどな。

「ほーれライナ、昼飯に鳥の塩串焼きあるぞ。食え食え」

「わぁい」

「レバーとハツも美味いぞー」

「あー、良いっスねぇ」

「これで酒が飲めりゃなぁ……」

「少人数の夜営っスから……今日はやめときましょ」

「だな……」

段々と薄暗くなる森の中、二人で串焼きを楽しんだ。

ライナは弓の扱い方や手入れの仕方を俺に教えてくれたが、俺の持ってる弓剣の剣の部分が着脱不可能で普通の手入れが難しいことが発覚する。ライナとしてはもっと普通の弓の方が良いと考えているようだがそれは断っておいた。俺はこいつと一緒にハルペリア最強のハンターになるからな。

「いやまずは一匹仕留めてからっスよ」

「一理あるな」

「……そういえば魔法はどうなったんスか。あれから練習続けてるんスか」

「あー、まぁやってはいるよ。寝る前にちょっとだけな」

「あ、そうなんスか。てっきりやめちゃったのかと……」

「でもなー……どうもあの練習方法だと、途中で眠っちゃってさ。最近は睡眠導入の儀式として重宝してる」

「ええ……」

「ベッドに寝っ転がりながらやってるのが悪いのかもしれん」

「いや間違いなくそのせいっスよ……」

指導書が言う、魔力がなんなのかを摑《つか》むって段階からもうよくわからんからな……。

身体強化に慣れきった奴《やつ》は魔法の適性が落ちるとはよく言うけど、多分俺なんかはバリバリそのクチだと思ってる。

「まぁそれより、串焼き食ってから結構経ったしそろそろ今日のメインを作るとするか」

「マジっスか。なんスか」

「そうだなぁ。名前をつけるならパフ鳥の衣揚《ころもあ》げと、パフ鳥とクレータートードのガラスープってとこか」

「おー……？」

「まぁ見てな」

俺は調味液に漬け込んでいた胸肉に小麦粉をまぶし、煮立ったラードの中にぶち込んでやった。油はちょっと少なめだがギリギリ入る。パチパチと爆《は》ぜる油の音がなかなか良い。

「焚き火で直に鍋やると火の加減が難しいんだけどな、この薪ストーブを使ってやると結構楽になるんだ」

「はえー……」

獣脂で唐揚げ。胸肉に染み込んだ調味液とラードの風味で悪くはないはず。この調味液が醤油ベースだったら言うことなしだったんだが、まぁ仕方あるまい。

「ほれライナ、食ってみ」

「わぁ……え、これいいんスか」

「遠慮するな。どんどん食え……」

「……ざっス。んむんむ……んーっ！」

美味いかライナ……美味いだろライナ……お前が獲《と》ってきた鳥だからな。どんどん食え……。

「ザクッとしてて超美味しいっス！　いつもはこのお肉、パサパサしてるのに……中はふっくらしてるんスね！　最高っス！」

「だろー？　どれ、俺もこのデカいのいただいて……はほひひひ」

「めっちゃ熱そうス」

「はひ……はひ……」

「……一口でいったけど熱すぎて噛《か》めないやつっスね」

パフ鳥も小さくはないが、ニワトリほど歩留《ぶど》まりがいいわけでもない。二人で食っていれば案外すぐに唐揚げもなくなってしまった。

まぁ物足りないって量ではないし、丁度いい塩梅《あんばい》だったかもな。

「こっちも酸っぱい調味料があっさりしたお肉に合ってて良いっスねぇ」

「だろー。あ、野草も茹でといたから食べなさい」

「はぁい」

棒々鶏モドキはこれはこれとして悪くない。おつまみに丁度良いかな。

あー酒飲みたい。ウイスキーの販売まだっすかねぇレゴール伯爵《はくしゃく》。王都と外国に売りつけるのも良いけどレゴール内の需要も満たしてくれよな……。

「あとはこっちのガラスープだが……」

「……さっきから気になってはいたっス。匂いが……」

「良い匂いだろ。骨を煮詰めると髄液《ずいえき》が出て、旨味《うまみ》になるんだ」

「髄液……クレータートードもそのために入れたんスね」

「まぁうん、多分。あれ入れてどうなるかよくわからなくなったけど」

「ええ……」

鍋の中を見ると……正直、お世辞にも綺麗《きれい》とは言えない。

ぶっちゃけ生ゴミだ。煮立った生ゴミ。しかしここから漂う濃厚な香りは、確かにこれが料理であるのだと主張している。

「ひとまずここから骨を取り出しましてー」

「うわっ、モングレル先輩その棒？　二つ持つの上手っスね！」

「あー？　まぁなー、最近市場で見つけたんだ。慣れたら食い物とか掴むのに便利だぞー」

「はえー……」

「で、あとはこのスープを煮詰めたり塩を足したりして味を整えて……」

手の甲に汁を垂らし、味見。……うん、塩入れないとな塩。

「どうスか先輩。どうなんスか味の方は」

「まぁお待ちよ。……うん、この塩味だ。あとはスープに野菜入れて少し煮込んだら……」

ほどほどの大きさに切った蕪《かぶ》と貧相な人参《にんじん》と余ったパフ鳥の肉をぶち込み、ついでにコショウっぽい辛味スパイスを加え、煮込んで完成だ。

「さあ飲んでみろライナ。モングレル特製ガラスープだ」

「さっき別の料理名だったような……いただきまっス……んく、んく……んっ！　美味しい！」

すっかり辺りは暗くなった。薪ストーブの他にも新しく増設した焚き火では全体を照らすには心もとないが、それでも互いの顔を見るくらいは問題ない。スープを飲んだライナの表情は、火に照らされていっそう輝いて見える。

「だろう？　さて俺も……うん、うめえ」

鶏ガラスープの味はやっぱ正義だな。今回のはポトフっぽい感じだが、もうちょい塩辛くして中に麺を入れて食いたい気分だ。

卵の殻《から》とか使って中華麺作ってみるか……？　また専用の金具を発注するか……いや包丁で切ればいいかな。でもどうせなら四角よりも丸い麺を食いたいな……。

「はふはふ……鳥の美味しさが詰まってるっていうか……良いっスね、これ……お店とかで食べるものより、ずっと美味しいっス！」

「だろう？　俺は美味いものに関しては妥協しないからな」

「……いや本当に。お店開いたら儲《もう》かると思うんスよね」

「飲食店は大変そうだからなぁ。俺はこういうところで料理するのが好きなんだよ」

自分で魔物を狩って、人目を憚《はばか》ることなく料理して、食って寝て……。

本来ならこうして他人に見せるようなものでもない。この料理から何がバレるかわかったもんじゃないしな。

けどライナ相手だとどうしてもな……食わせてやりたくなってしまった。

姪《めい》っ子《こ》オーラに負けたよ。前からだけど。

「これは〝アルテミス〟の連中には秘密な。バレたら俺が〝アルテミス〟専属料理人にされちまうから」

「……それ、良いっスね」

「おいおい」

「冗談っスよ」

ライナは笑い、おかわりのスープをよそいはじめた。そこそこ量があるから、明日の朝も楽しめるだろう。問題は面倒臭いこの後片付けだが、それは明日の俺が苦労してなんとかしてくれる筈《はず》だ。頼むぜモングレル。揚げ物の始末はお前に任せた。

……いや待てよ。

「せっかくだしスープにラード入れてみるか」

「えー……まぁ少しなら」

「脂《あぶら》っこさが足りないからな。これで結構……うん、悪くない」

「……おー、ほんとっスね。あっさりしたスープも悪くないっスけど、これも良い味してるっス」

まぁこれでも全部の油を処理できるわけじゃないが、結果として美味くなったからいいか。

飯も食い終わり、夜もふけた。とはいえ時計があるなら多分、九時かそこらだろう。森の夜はとりわけ長く感じるものだ。

それでも明日朝早くの狩りもあるので、あまり夜ふかしはできない。異世界の夜はさっさと寝てやり過ごすに限る。

「なんか、悪いっスね。モングレル先輩のとこにお邪魔しちゃって……」

「ああ良いよ。二人くらいならギリ寝られるしな。それに寝る時は暖かい方が良いだろ」

「……はい」

俺とライナは三角テントの中で寝ることにした。さすがに手狭だが、ライナは小柄だし布の張り方を工夫すれば入れないことはない。恒温動物が二人近くにいれば、その分暖かくなるしな。

薪ストーブの中で静かに燃える薪と、天板の上で炙《あぶ》られ煙を発する魔物除けの香木。腹一杯で眠くなってきた。

「……私、あんま料理できないんスよね。モングレル先輩って、料理苦手な女ってどう思うっスか」

「んー？　なんだ、結婚とかの話か」

「あ、まぁ、はい。……レゴールだと女の人って家事やるじゃないスか。でも私は狩りばっかりで……そういうの、変なのかなぁ……と」

「あー、街住まいの連中からすると少し変わってはいるかもな」

「うちのパーティーはほとんど、そういう家事とか……得意なんスよね……でも私、弓の練習とか手入ればっかりで。女らしくないのかなぁって」

なるほどそういう悩みか。

「ウルリカ先輩も最近は進んでお風呂掃除とかやってるし、ポプリを作ったりして……私は女なのに、なんかウルリカ先輩の方が女の人らしくて自信なくしそうっス……色々やろうとはしてるんスけど、気が回り切らないっていうか……」

「……そういうことを意識できるだけ、ライナは偉いと思うけどな」

ガサツな奴は自分の行動を全く気にしないからな。改善の意識があるなら十分だろう。

「それに、俺は別に良いと思うぞ。弓に熱中する女っていうのもな」

「……そう、スかね」

「俺の故郷では、あー……男も女も仕事してたからな。あまり男だからこう、女だからこうっていうのはなくて……いや、あったんだろうけど、なるべく男女同じにしようって気持ちが強かったんだ」

「……それはそれで、大変そうっスね」

「まぁな。正直それが結果として、村として良い影響を与えていたのかどうかはわかんねぇけど……でも俺は、男も女も好きな仕事して好きな夢を持てるっていう……村の気風？みたいなのは、そうだな。気に入ってたよ」

男女平等。前の世界でも色々と公には言えない不都合があったし、綺麗事と言われればその通りだったかもしれない。

でも男女が一人の人間として生き方を選べて、それをあまりとやかく言われなかったの

は、良い世界だったなと思っている。

「……モングレル先輩にそう言ってもらえると、私は嬉《うれ》しいっスよ」

「そうか」

「ありがとうございます」

「つーか眠いわ。もう寝ようぜ」

「……はぁい」

真面目な考え事をしてると眠気がやばいわ。ライナほど若くもないしな……悲しいけど。

俺はもう寝るぜ……スヤァ。

「……暖かい」

俺の背中側にライナが身を寄せる感触を最後に、俺は眠りに落ちた。

日課の魔法の瞑想《めいそう》をすっぽかすのは、これで連続二日目になる。明日から頑張ろう。

第三話　ライナの帰宅と欲しいスキル

「ええー!?　一緒に寝たの!?」

「っス」

「なのに何もしなかったの!?」

「……っス……いや、普通に寝るだけっスよ。当然じゃないスか、ウルリカ先輩」

「いや当然って……ことはないよぉーその流れはー……」

モングレル先輩との狩りを終えて、私はレゴールに戻ってきた。

成果はお肉と羽毛。一泊して次の日の帰り道でも何匹か仕留めたので、成果としてはまずまずだった。

まぁ、モングレル先輩は結局一匹も仕留められなかったんスけどね。要練習っス。

「私とモングレル先輩とは、そういうんじゃないっスから……」

「……男の人なんて普通そういうものなんだけどなぁ」

「でもウルリカ先輩はそうじゃないっスよ?」

「私はぁー……まぁちょっと違うからー。でもライナ、全《すべ》ての男の人がモングレルさんと

BASTARD・SWORDS-MAN

一緒だと思っちゃ駄目だからね？　他の男の人と二人きりで狩りに行くなんて駄目だよ？」

「まぁ、はい。そんな予定はないっスけど……」

〝アルテミス〟のクランハウスに戻ると、ジョナさんがお肉を調理してくれた。どこかのお店に売るほどの量もなかったから、みんなで食べようってことになったんスね。

モングレル先輩は自分で仕留めたクレータートードの方をたくさん持って帰った。一緒に狩りに行ったけど、それぞれが仕留めた獲物を持って帰る。なんだか変な感じっス。

「ナスターシャさんがお風呂用意してくれてるから、先に入っちゃいなよー」

「はぁい。あ、パフ鳥の羽毛、ウルリカ先輩使うんスか？　集めてるんスよね、こういうの」

「えっ、いいの？　うん欲しいっ！　ありがとーライナ！　馬車に乗る時用のクッション作ってるからねー、これだけあれば八割方終わりそうだよー、助かるー！　後でお金払うから！」

「えへへ」

クランハウスは清潔で、いい香りがして、みんな優しくて……とっても居心地《いごこち》が良い。

だけど私はこの中で足手まといのギルドマンにはなりたくない。一人の弓使いとしてもっともっと腕を上げて、みんなを支えていけるようになりたい。……なんて、分不相応なこと思っちゃったり。

でもモングレル先輩なら、こんな私でも応援してくれそうな気がする。

いつかきっと、立派なギルドマンになれるように。弓の腕を磨いて、強くなって……あともうちょっと身長も伸びて、ミレーヌさんみたいに胸も大きくなりたいっスね……。

「あの洗濯板っていうの、良いわねぇ。簡単だけど使いやすいわ。土汚れもよく洗い落とせるし」

「ジョナさんもそう思う？　良い買い物だったのよね。ウルリカがどこかで買ってきたみたいなのよ」

「あ、ギザギザのやつっスか。なんか近頃、いろんな宿屋が外で使ってるの見るっスね」

「うん、市場で見かけてねー、買ってきちゃった。雑貨屋さんも真似《まね》し始めてるからこれから安くなりそうだけど、早めに買えて良かったかな？」

「便利な道具は多少割高でも構わないわ。ありがとうね、ウルリカ」

「あはは、褒められた」

夕食はみんなでご飯。ポリッジには私の獲ったパフ鳥のお肉も入っていて、とっても美《お》味《い》しい。お肉ばかりのご飯も豪華スけど、やっぱりポリッジがないとご飯って感じがしないっスよね。

「ライナ。夜営はどうだった？　魔物はいなかったか」

「安全っスよ、ナスターシャ先輩。お香も焚《た》いてたし、モングレル先輩が拠点周りはしっかり固めてたっスから」

小さなテントの周りには長めの枝で杭《くい》を打っていたし、薪《まき》ストーブ？　の火は思っていたよりずっと長く燃えていて、おかげでわずかな明かりが常に拠点周りを照らしてくれていた。

というより、多分夜の間にモングレル先輩がちょくちょく起きて、薪を補充していたんだと思うんスけど……。

「でも二人だけだと何かあったらいざという時が怖いスね……」

「そうね。人でも魔物でも、夜襲に対応するには四人は欲しいところだわ。拠点作りの準備にも人手は必要だもの」

「二人は大変よねぇ。私も若い頃は何度かやったけど、夜なんて怖くて寝れたもんじゃなかったわ！」

やっぱりそうなんだ。……それでも夜寝られたのは、モングレル先輩がいてくれたおかげなのかも。他の人だったら、そこまで安心感はなかったと思うし……。

「ライナも少人数の夜営ができるようになったかぁ……大人になってきたねぇー……私は嬉《うれ》しいよぉ」

「私はもう大人っスよ」

「わかってるわかってる。……ねえねえ、ライナがもう一つスキルを習得してからと思ってたけどさっ。もうシルバーランク受ける頃じゃない？　シーナ団長」

「……ライナの昇格ね」

「え、もうスカ」

「ライナはもう実力はあるよ。考え方や知識だってそこらのシルバー1よりあるし、足踏みする理由もないいんじゃないかなぁ」

シルバー1……モングレル先輩より上のランク……。

……いや、あれはあの人がおかしいだけなんスけどね。

なんだかなぁ。モングレル先輩も一緒に上げてほしいのに……。

でもシルバーランクになれば報酬が上がるし、仕事の幅も増える。何より討伐《とうばつ》できる魔物の種類も増える！

ギルドマンとしてこの昇格を拒む理由はないっス！

「私、頑張るっス！」

「いえ、まだ受けなくていいわ」

「だはぁ、なんでっスかぁ⁉」

「そーだよ団長ー、ライナは私より狙いは良いよー？」

「スキルをもう一つ。それが絶対条件よ。いくら腕が良くても照星《ロックオン》だけでは弓使いは厳しいもの。もっと弾道系や強撃系のスキルがないと、これから先の高難度の任務ではライナを連携に組み込むのが難しくなってくるわ」

「むむむ……シーナ先輩の言う通りっス……」

確かに今の私のスキルじゃ大きな獲物は倒せない。みんなと連携してようやくといったところだ。前にオーガを仕留めた時だって、みんながいたから目を狙えたようなものだし。

「……私も次はウルリカ先輩みたいな弱点看破《ウィークサーチ》とか強射《ハードショット》とか欲しいっス」

「便利よねぇ、ウルリカちゃんのスキル。私もその二つが良かったわ」

「あはは。まぁ使い勝手は良いけどねー……矢の消耗がちょっと」

ウルリカ先輩は生き物の弱点を可視化するスキルと、矢の威力を上げるスキルの両方を持っている。そのおかげでどんな状態の魔物が来ても狙うべき場所に迷うことはないし、近付かれても強引に撥ね飛ばすだけのパワーもある。

私のはちょっと地味すぎて……。

「でもライナは丁寧に射つタイプだからなぁー……なんとなく私と同じスキルは貰《もら》えなそうな気がするよねぇ」

「わぁん」

「ふふ。スキルは本人の性格やそれまでの積み重ねによって得られるというものね。ライナは弾道系になるのかしら」

「……できれば早くスキルを手に入れて、シルバーランクに昇格したいスけど。できれば使い勝手の良いスキルが欲しいなぁ……」

弾道系……軌道を安定させたり、飛距離を長くしたりする弓使いスキルの総称。

悪くはないっスけどねー……どうせなら私も大物仕留めたいなぁ……。

二つ目だとそろそろ新しいスキルが手に入っても良い頃らしいスけど……夏か秋か、そのくらいなんスかねえ。
楽しみなような、怖いような……。

第四話　この世界が仮に何らかの作り物だとして

この世界にはスキルと呼ばれる異能が存在する。

これはギフトとは別。魔法と同じく使用者の魔力を消費して発動する謎のミラクルパワーなのだが、魔法と違うのはもうちょっとだけ習得しやすい異能ってことだろうか。

サングレール聖王国では神から下賜《かし》される力であると云《い》われているし、ハルペリア王国ではそこまで厳格ではないが、神の世界の技術を人が修めた……とかなんとか、そういう納得のされ方をしている。神様にそこまで思い入れを持っていないハルペリアでも〝神〟と結び付けられるあたり、どこでもスキルはそこそこ特別視されているってことだな。他にも俗にいう漂着者の間ではまた別の解釈がなされているらしいが……それはさておき。

スキルの大きな特徴は、発動に際して目が光ることだろう。光り方は人やスキルによって様々かな。赤とか青とか、黄色とかピンクとか。魔光と呼ばれるこの世界特有の発光現象で、昼だとあんま目立たないくらいの光量だ。

対して魔法の発動時は目は光らず、魔法を扱う杖《つえ》とか手とかが発光する。そういう部分でもスキルと区別されている。同じミラクルパワーとして見たら些細《ささい》な違いだけどな。

まぁ些細なことなんだけども、いざスキル持ちの犯罪者とかち合ったりするとかなり重要な部分でもある。相手が物騒なスキルを使おうとするとそれが予兆としてわかるので、強烈な不意打ちをされないためにも相手の目を見ておくのは重要だ。戦闘が長引けば光り方で次の動きも読める。人の目を見られない陰キャは悪い人に狙われたらすぐに死んじゃうぞ！　気をつけような！

スキルの習得頻度は、よくわからん。魔物を倒していれば少しずつ覚えるものではあるので、小難しい修業が必要な魔法よりは、一般人でも覚えやすいのは確かだが。

巷《ちまた》ではスキルは一つの習得に十年かかると言われているが、早い奴《やつ》は五年で一つ習得するって話も聞くし、逆に十五年かけてようやく一個目って奴も珍しいわけではない。

個人差が大きいからはっきりとした事は言えないが、まぁ十年に一個ペースだとすると、俺の場合は年齢的に三つは持っていてもおかしくないってことになるな。

で、ここまで言っといてなんだが、これらは全《すべ》てギルドマンや軍人に限った話になる。一般人はスキルを持たない奴も多い。何故《なぜ》か。それは多分、スキルのほとんどが戦闘系に偏っているせいだろう。

俺の知る限り、スキルは戦わなければ身につかない。それも弱い動物ではなく、魔物と呼ばれるような相手との戦いでなければ……。俗っぽい言い方になるが、〝経験値〟とか〝熟練度〟みたいなものが溜《た》まらないんだと思う。

だから家畜の飼育や解体を生業《なりわい》にしている畜産農家だからって、刃物系のスキルがすぐに生えてくるわけではない。人間には制御できないような厄介《やっかい》な魔物と戦ってようやく、スキル習得の一助となる……んじゃないかな、多分。

そのせいか生活魔法じみたスキルは全然ない。鍛冶《かじ》スキルだとか木工スキルだとかも当然ない。個人的にはあってくれた方が世の中もっと平和だった気がするんだけどな……。いや、仮にあったとしても一部の暴力的な人間に支配される世界になるのかな……わからんな。

スキルはほとんど戦闘系のみ。だが、その種類は色々ある。

刀剣、短剣、棒、槍《やり》、弓、鈍器、盾、あるいは格闘術だったり、補助技だったり……ギルドの資料室にこういうスキルの名前と効果の一覧がまとめられているから、暇な時に読むと結構面白い。いずれどこかでスキル持ちの人間と戦うかもしれない……というか戦うことになるから、是非ともさっさと覚えておくべきだ。俺はやってないゲームでも攻略本だけを読むのが好きなタイプだったので、ギルドマンになってからすぐに頭に叩《たた》き込《こ》んだ。けど本にまとめられていないスキルもたくさんあるから、覚えても覚えてもキリがなかったりする。相手がどんなスキルを使っても良いように身構えておくのが大切ってこったな。

これらのスキルはそれに対応する武器を装備し、戦闘に使うことで〝熟練度〟みたいなものが上がっていき習得する仕様……と言われている。一定の熟練度に達すると、頭の中にスキルの名前と発動方法が閃《ひらめ》くのだ。ソード系を長く使っていれば〝強斬撃《ハードスラッシュ》〟を覚えたり、盾を使っていれば〝盾撃《バッシュ》〟を覚えたりとか、そんな感じ。

だから変に武器をコロコロ替えてバラバラにスキルを覚えるとすげー苦労することになる。弓も覚えて剣も覚えて槍も覚えて……そういう奴は確かに器用かもしれないけど、結果的に戦いの幅が狭くなってしまうから要注意だ。この世界ではスキルにもギフトにも、インベントリだとか無限収納なんてヤベー代物は存在しないからな。あらゆる武器を持ち運ぶ奴なんていないのだ。

スキルは武器種を絞って戦い、習得。

……この熟練度を上げるような成長方法。まるでゲームのようだ。

ただ、正直何度もここが何かゲームの世界なんじゃないかと疑ってきたが、それにしてはこう……華がないんだよなぁ。

作り物のファンタジー特有の華やかさというか、ストーリー性というか……魔物はいるし定番のドラゴンだっているけど、あいつらも強種族ってわけじゃないし。

ハルペリア国内に出現する最強モンスターはライオンです。いや強いけどさ……。ちなみにサングレールの最強モンスターはデカいクラゲです。もはやお前は強いのか……？

原作がゲームだとしたら全く盛り上がる気がしない。やっぱ最強種族はドラゴンじゃねーと駄目だと思うんだ俺は。

別大陸である魔大陸には人間とそっくりの魔人とかいう知的種族もいて、昔は人間と争おうとしたこともあったらしいんだが……お互いに食性が違いすぎるせいか相手の土地の作物を一切食えず、自分たちの大陸の作物を向こうで育てることもできないことが判明してからは侵略する理由を見失い、細々と交易するだけの関係に落ち着いている。そもそも人間は同種族同士での争いが絶えないし、魔大陸は魔大陸でクソ強モンスターがいるらしく、遠方の人間に関わっていられるほど穏やかな環境ではない。壮大《そうだい》そうな世界設定してるくせに何も起こらん。てか魔大陸が遠すぎて航路はわかっているのに船がアホみたいに沈むらしい。新天地のくせに旨味《うまみ》がなさすぎる。

耳の長いファンタジー定番のエルフもいるっちゃいるけど、別に寿命長くないし……人間より二十年？　くらい長いそうだけど……なんか食生活とかそこらへんで生まれてる誤差って感じがするんだよな……。

森に住んでないし野菜しか食べないわけでもないし特別弓が得意なわけでも魔力量が多いわけでもない。なんなん君たち。たまに行商人でエルフがいたりするけど種族的な注目を浴びることはなく、ほぼ空気である。耳が長いのがちょっと変な扱いされてるせいか普通の人間よりも見た目の人気は低く、娼婦《しょうふ》としての値段も安めらしい。そんな残念な扱いをされてるエルフを見たの、俺は初めてだよ。

ゲームっぽいような、そうでもないような。

この世界は何を元にして作られたのか。また、世界を創ったような神はいるのか。……それに俺の転生は関わっているのか。

【第四話　この世界が仮に何らかの作り物だとして】

転生者は複数なのか？　過去にも似たような人間はいたのか？

神はいるとして、その目的は何なのか？

この世界は純粋に異世界なのか？　別の銀河の異なる惑星なのか？　ゲームなのか？　ラノベなのか？　アニメなのか？　漫画なのか？　あるいはWEB小説なのか？

もし何らかの作品だとして俺は主人公なのか？　モブなのか？　人気が出ないと打ち切られるのだとして、その場合、この世界は唐突に終焉《しゅうえん》を迎えてしまうのか……？

「……雨、止まねえなあ」

外は雨。

宿屋でのんびりしていると、色々なことを考えてしまう。

他人には絶対に相談できない、俺の頭の中だけに閉じ込めておくべき考え事だ。

窓の外ではマントを羽織《はお》った衛兵が、小走りで屯所《とんしょ》のある方へと向かっている。どこにでもいる通行人。街の衛兵さん。だが彼には名前があって、二十何年くらいかのしっかり本人が語れるだけ人生の厚みがあって、それがあと数十年も続いていくのだ。

それは決して作り物ではないし、アニメや漫画では語り尽くせないほど膨大で、モブと一言で片付けられるほど陳腐《ちんぷ》な代物でもない。

仮にこの世界が何らかの土台の上にある存在だったとしても、他人事《ひとごと》ではいられないリアリティがあるんだよ。

少なくとも、通りすがりに絡んできたチンピラを迷いなく半殺しにしたりできない程度にはな。

「……アニメ、かぁ」

もしこの世界がアニメだったら。で、仮に俺が登場人物だとしたらよ。

「俺の声優、誰にやってもらおうかな……」

そん時は俺の声優を大御所にやってもらいたいね。声だけで人気が付くくらいの、そうだな、落ち着いててちょっと渋い感じの声なら言うことなしだ。

デザインも美形にしといてくれ。バスタードソードもうちょっとピカピカにしといてくれると嬉《うれ》しいな。

任せたぜ、制作スタジオ。まだ見ぬ大御所声優……。

そんで俺にキャラ人気が出てな。人気投票で上位になったりしてな。色々と出番が増えたり、優遇されたりするわけよ。少なくとも途中で雑に殺されたりしないポジションを獲得するわけよ。

で、現パロかなんかで学園に通ったり、いや俺の場合先生ポジションになったりしてな。

そうしたら……そうしたら俺を、その現パロ世界で暮らさせてくれ。

そんなに人気の出ないスピンオフでも構わないから……頼むわ。

第五話　雨上がりのロードサービス

低気圧と言ってもこの世界じゃ伝わらないだろう。

だから俺の気分が落ち込み気味だったのは雨のせいだ。そういう事にしようと思う。

部屋に一人でいると余計なことばかり考えるからな。

こういう時は酒……を飲むとすげー気分良くなるか逆にアカンほど落ち込むかで二極化するので博打《ばくち》になってしまう。酒は良い気分の時に飲むのが安牌《あんぱい》だ。

なので熱中できる事に専心し、気を紛らわせるのが一番だろう。忙しければ落ち込む暇もないってやつだな。あえて自分を仕事で追い込むことで気晴らしをするとしよう。

俺は別にワーカホリックってほどでもないけどよ。


「ああ、モングレルさん。良いところに」

ギルドに入ると、人は少なかった。既に多くのギルドマンが任務を受け、どこか別の場所に向かっているのだろう。

ミレーヌさんの表情からは、人手不足で困っている気配が感じられた。

「どうしたんだい、ミレーヌさん。緊急の任務でも入った？」

「はい。実は今朝、南門側のネクタール街道でひどい泥濘《ぬかるみ》が発生したみたいで……」

「あー、最近ずっと雨だったもんなぁ。それで？　馬車が立ち往生してるとか？」

「いえ、まあ立ち往生はあったんです。ただ、それ自体は無事に解消されたのですが……立ち往生した行商人の馬車を強引に路肩に避ける作業をした際、さらに酷《ひど》い泥濘に捕まってしまったみたいでして……そちらが復帰できず困っているそうなんです。行商人の遣《つか》いの方が緊急の依頼を出してきました」

「わーお」

この世界にはレッカーなんてものはないからなぁ。一度変な道に嵌《は》まったりすると大変そうだ。まして動力を積んでいない馬車。沼みたいになってるところに落ちたりなんてしたら……いやぁ考えたくもない。

「取り急ぎ、先程アイアンランクのパーティーを向かわせたのですが、彼らで力が足りるかどうか……」

「念のため、俺に行ってきてほしいわけだ。構わないぜ。近所の力仕事は大歓迎だ」

「ありがとうございます。手続きはこちらで行いますので、この仮証書だけ持って現地へ向かっていただけますか？　ネクタール街道を進めば目立つ場所で困っているそうなので、すぐにわかるかと思います」

「よーし、任せてくれ。さっさと行ってくるぜ」

泥濘に嵌まった行商人には悪いが、ギルドに来て早速こんな仕事があるとはついてるぜ。

さっさと馬車をレスキューして小銭ゲットといくかー。


「おお、例の馬車はモングレルが助けにいくのか」

「まあな。目立つとこにあるらしいけど、場所はこっから遠いのか？」

「いーや、通りがかった奴《やつ》の話によれば近いらしい。街道を真っ直《ます》ぐ進んでいれば見えてくるはずだぞ。助けにいったアイアンランクの奴らが未《いま》だに戻らないのが心配だ。まあ、無事かどうか見てやってくれ」

南門を出る際、顔見知りの衛兵は俺を見て少しだけ安堵《あんど》したようだった。

どうやら朝から路肩に嵌まってトラブっていたのはわかっていたが、未だ解消されないことにやきもきしていたらしい。レゴールの外のことまで考えてくれるなんて心優しい奴だ。失礼かもしれないがこの街の衛兵向きの性格ではない。

「通りかかった馬車の奴らも助けようとは思ったそうだが、明らかに素人《しろうと》じゃ無理そうな嵌まり方してるそうでな。モングレルの馬鹿力で助けてやってくれ」

「ウハハハ……オデ、ニンゲン、タスケル……！」

「ガハハ、俺の前で不審者の真似《まね》はやめとけよ」

「ひい怖い。いってきまー」

「おー、気をつけてなー」

びちゃびちゃに濡《ぬ》れてるネクタール街道の水たまりのない部分を踏むように丁寧に小走りし、事故現場へ向かう。

まだ明るい時間帯なのでレゴールを目指す馬車の何台かとすれ違うが、向こうが俺を警戒する様子もない。普通は俺みたいに武器持った身軽そうな奴を見ると犯罪者と警戒するもんなんだけどな。通りかかった場所で馬車が事故ってるのを見ているから、なんとなく俺の目的も察しているのだろう。

「うわー、これはまた……派手にやらかしたな」

そうして小走りし続けたところで、「アレに違いないな」って感じの可哀想《かわいそう》な馬車を見つけた。

確かにそれは街道からは外れて渋滞を起こしてはいなかったが、畦道《あぜみち》から外れて柔らかそうな休耕地に右側の車輪二枚分をズッポリ沈めており、とてもではないが自力では脱出できない有様であった。

「おーい、レゴールのギルドから加勢しに来てやったぞー」

「！　ああ、どうも……って、モングレルさんじゃないですか！」

「よう、ブロンズ3のモングレル様だぞ。そっちは、あー……〝最果ての日差し〟のフランクじゃないか」

「お久しぶりです！」

どうやら先に馬車の救出を手伝っていたのは新米パーティー〝最果ての日差し〟の連中だったらしい。独特な雰囲気のリーダーであるフランクとその妹のチェルを中心とする、若手オンリーの中ではそこそこまとまっている連中と言えるだろう。

ここにいる人数は五人ほど。どうやら今は馬車の積荷を頑張って降ろしているらしい。積荷を軽くすれば引き上げられるということだろう。確かにそうするしか解決法はなさそうだ。

「ああ、レゴールから来たギルドマンの方かい。依頼を受けてもらって助かるよ。どうにか邪魔にならないよう道を外れたと思ったら……見ての通りさ。この有様でね」

「貴方《あなた》が依頼人ですね。俺はモングレル、ブロンズ3のギルドマンです。こいつらよりは力があるんで、準備が整えばすぐ引き上げちゃいますよ。あ、これギルドからの証明書なんで。追加人員を受諾《じゅだく》するならこれを」

「……うむ、確かに。いや、彼らも真面目《まじめ》によくやってくれているのだが、車輪が見事に嵌まってしまってね。坂を滑った時に馬も興奮してしまったせいか、深くに引きずり込まれて難儀《なんぎ》している。通りがかりの馬車も助けてくれそうではあったが、結局諦められてしまってねぇ……」

行商人のおっさんは疲れ果てた表情で離れた草地を見つめている。

何かあるのかと思いきや、路肩では荷台を牽引《けんいん》していたであろう馬たちが呑気《のんき》に雑草をむしゃむしゃ食っていた。全身泥まみれ土まみれだが、降って湧いた休憩とフリーダムな放牧タイムを満喫《まんきつ》しているようだ。可愛《かわい》い奴らめ。

「これで割れそうな物や重い荷物は出しきれたと思います。モングレルさん、これからどうしましょう？　ひとまず全員で持ち上げてみますか……？」

「いや、まずは俺だけでやってみるよ」

「一人で？　みんなでやった方が」

「いやいや良いから。それより俺この畑に入るからさ、足流せる水とかあると嬉《うれ》しいんだが」

「はあ、まあ……準備はできますけど」

「頼んだぜ」

靴と靴下（この世界の人はあまり履いてない）を脱ぎ、ねちゃねちゃする泥濘に踏み入る。

おお、足が沈む沈む。ひんやりしてて気持ち良いような、土だから気持ち悪いような。

それでも底なし沼というわけではないので、踏ん張りが利かないということはない。

「っし……ッ！」

「おおっ」

「持ち上がった……!?」

荷物をどけてスッキリしたとは言え、馬車は重い。

それでも身体強化した俺にかかれば泥濘の底からグッと持ち上げることも不可能ではな

い。楽勝楽勝。

「よーし……ひとまず水平にはできたから……あとは男ども、横と後ろ側から持って、どうにか方向転換してくれ。坂に対して直角にバックしながら道のとこまで上げてくぞ」

「はい！」

「すごいな、本当に一人で車輪を引き上げるところまでやるなんて」

「俺たちだけだと大変だったろうなぁ、これ」

その後、〝最果ての日差し〟の若者たちの協力もあって、どうにか馬車を元の街道に戻すことができた。それまでプチ放牧されていた馬たちも繋《つな》ぎ直されて「は？　また運べってのか？」みたいな顔をしていたが、まぁ頑張れ。どうせレゴールはすぐ近くなんだ。最後までやりきってくれよな。

「いやー爪の中も泥まみれだ。ちょっと流しただけじゃ無理だわこりゃ。後で宿屋でお湯借りないとだな」

レゴールへの帰り道は、行商人さんの厚意で馬車に乗せてもらえることになった。

水でざっと足の汚れも落とせたし、いやぁ無事に終わって何より。

「……前から不思議だったんですけど、モングレルさんの力ってブロンズランクよりも上じゃないですか？」

優雅に馬車の荷台に乗る俺に、後ろから歩いてついてきているフランクが声をかける。

相変わらずズバッと聞いてくる奴だな。別にいいけど。

「俺は実力だけならシルバー以上は間違いなくあるぜ」

「ですよね？　もしかして……」

「ランクを上げてないのは俺が面倒臭いからだよ。これといって深い理由はねーぞ」

「……そうですか。なら良いのですが」

「ブロンズは良いぞ。面倒事は少ないし、変な指名依頼もほとんど来ないしな。お前たちも真面目に仕事して、ブロンズになるといい」

「もちろんです！　いずれ必ず〝最果ての日差し〟の名をレゴールに、いえ、ハルペリア中に広めてみせますから！」

「ははは。でかい夢だな。ま、ひとまずブロンズへの昇格を目指すこった」

その後俺たちは無事に馬車をレゴールへと送り届け、依頼達成となった。

短時間でちょっとした臨時収入を得た後は都市清掃任務でざっと通りを綺麗《きれい》にし、今日の仕事を終えた。

やっぱり仕事に集中してると気が紛《まぎ》れて良い。

これからは雨が降ってる日でも、適当に羊皮紙ゴリゴリの仕事をして過ごしても悪くないかもしれないな、俺の精神衛生上は。

第六話　暇な酒場のボーイズトーク

「これもう俺勝ったただろミルコ」

「いや、まだ逆転の目は残されている。わからないか？　モングレル……このか細くも煌《きら》めく希望への道筋が……」

「え？　それマジで言ってる？　ごめん、俺このゲーム強くないからよくわからない」

「……なるほど、お前の目からも勝敗はまだわからないと。クククッ、油断したな。これで勝負は五分に戻ったぜ。さぁ、ここを打たれたら……どう出る⁉」

「あー！　そこかぁー……そこ……打たれると厳しいのかな……わからん……」

「クククッ……この手は俺ですら読めない一手……存分に悩むがいい……」

ちょうど良さげな任務がないので、今日の俺は昼からギルドの酒場でだらだらしている。

緊急で楽でうめぇ仕事入らないかなーという後ろ向きな待ちを決めているギルドマンは常に一定数いるものだ。春は任務が多く忙しいとはいえ、休みがないとしんどいので怠惰《たいだ》と言ってはいけない。

今は俺の他にも〝大地の盾〟や〝収穫の剣〟の男連中もいて、酒場は珍しく賑《にぎ》やかだった。おかげで俺のこのボードゲームも対戦相手に困っていない。

「モングレル……この戦況をどう思う？　ククク ッ……」

「正直に言っていい？　よくわかんない」

「奇遇だな、俺もだよ……！」

対戦相手は〝大地の盾〟の剣士、ミルコ。

クールそうな顔立ちと思わせぶりな口調は女受けするが、若干頭の緩い男である。

初心者の俺とルールの曖昧《あいまい》なボードゲームで熱戦を繰り広げているあたりお察しである。

ちなみに俺はミルコ以外とは互角の勝負ができない。

俺より弱い奴《やつ》に会いにいきてぇなぁ……。

「ったくよォ〜ベイスンの連中ももっと討伐《とうばつ》してくれよなァ〜。……なんだって俺たちがわざわざ向こう寄りの畑まで行って雑魚《ざこ》の討伐しなきゃいけねぇんだよ〜。たるんでんじゃねぇのか〜？」

「仕方ありませんよチャックさん……。最近は各地のギルド支部からレゴールに拠点を移すギルドマンも増えていて、あちこちの街で人手不足なんですから……」

「配置換えするならバサッと決めちまえばいいのによォ〜！　金を出し渋って俺らに遠征させるんじゃねぇよなぁ〜！　おかげでパーティー全体で開拓任務に参加できねぇんだよ〜！」

「……そちらの〝収穫の剣〟も大変そうですすねぇ」

「アレックスのとこはどうなんだよ最近～」

「いやぁこちらも見ての通りですよ。何かしら動きたくはあるんですが、小粒の討伐では旨味《うまみ》もないので……。一度遠征組の帰りを待ってからにしようかと」

「お前たちも暇か～……暇だよなァ～……」

春は小物の季節だ。一発でデカく儲《もう》かる感じの仕事は少ない。小粒を数相手にする任務ばかりだ。働いても働いても儲からない。それにうんざりするギルドマンが出てくるのもまぁ、仕方ないことだろう。今は街の拡張工事も盛んだから、そこで肉体労働した方が儲かるくらいだ。そんな地元での仕事を横目に、遠征して儲けの乏《とぼ》しい出稼ぎに出るのも馬鹿らしくなる気持ちはわからんでもない。

その点〝アルテミス〟と〝若木の杖《つえ》〟は上手《うま》くやっている。だいたい常に全体で行動するから足並みが揃《そろ》ってるし、無駄がない。

ここにいる〝大地の盾〟や〝収穫の剣〟もフットワークは軽いんだが、美味《うま》い任務に対する嗅覚《きゅうかく》って意味では一歩も二歩も譲ってるイメージだ。

「……なぁ～……〝若木の杖〟の子で誰が一番好み？」

「またそういう話ですかチャックさん……今はディックバルトさんはいませんよ？」

「別にあの人がいなくたってこういう話はしていいだろ～⁉　面白いんだから～！」

どうやらチャックは酒場に女ギルドマンがいないのを良いことにボーイズトークを始めようという魂胆らしい。マジで頭の中身が男子中学生だなこいつ。

「この一手はどうだっ！」

「……おっふ」

あ、やべぇ。負けそう。嘘《うそ》だろ？　ミルコには負けたくねぇよ俺。

「チャック！　俺もその話に入れて！」

「あっ！　モングレルお前ずるいぞ！」

「いいぜ～どんどん話そうぜ～！　ああ今朝ダリア婆《ばあ》さんから貰《もら》ったピクルスがあるからよ～それ食いながら話そうぜ～！」

えーマジかよーピクルスあるのー？　良いなーちょうだーい。

この世界に来てから酢の物大好きになったんだよな俺。健康的だし美味いし酒が進むし、完璧な食い物だ。

「モングレルは〝若木の杖〟の団長と仲良いんだろ～？　サリーって人とよぉ～」

「あー、サリーね。まぁレゴールが古巣だったし、前から付き合いはあったからな。仲良いかっていうとわからんけど」

「あの人も何考えてるかわかんねぇけど、スタイルは悪くねぇよな～不気味だけどよ～」

「顔立ちは綺麗《きれい》な人なんですけどね……注文したエールのジョッキに手で蓋をして、ジャカジャカ振って炭酸抜いてから飲み始めた時は我が目を疑いましたよ……」

「あれな～怖いよな～」

「サリーは変人だからな」

「モングレルさんに言われたらおしまいですよね……」

「アレックス、なんだ？　俺にボードゲームで喧嘩《けんか》売ってんのか？」

「逆にそっちでなら勝てそうだと思ってるんですか……？」

「おーい三人とも－……俺も仲間に入れてくれよ－……」

あ、ミルコも来た。男連中が四人揃っちまったな。寂しいテーブルだぜ。

とはいえミルコは嫁さんいるから、こいつだけ既に勝ち組なんだけど。

「ミルコはよ～、ギルドの子で誰が気になってるんだよ～」

「いやチャックさん……彼結婚してますけど……」

「ククッ……そうだな……まぁ俺は〝アルテミス〟のナスターシャさんが好みかな……

あの胸がたまらんな……」

「あれっ⁉　離婚してましたっけ⁉」

「してないが？」

「ですよね⁉　ええ……普通に答えるんだ……ある意味そういう軽口も結婚しているから
こその余裕なんでしょうか……」

「いいや？　嫁さんには内緒にしといてくれ」

「リスクを承知で本音をぶちまけてたんですか……」

「胸はでかい方が良いだろ」

「まぁ……わからないでもないですが……」

この世界の……というかハルペリアの男の性的嗜好《しこう》は、どちらかといえば下半身寄りだ。胸よりも尻の方がえっちとか思う奴が多い。

あと普通に十代半ば過ぎくらいの、前世では少女と呼ばれるほどの子を相手にしても普通に好意を露《あらわ》にするし、ナンパでもなんでもする。

少女趣味とかいう嗜好は歓迎こそされているわけじゃないが、ロリコンとかそういう白い目を向けられているわけでもない。

男は皆、生涯に渡って女子高生を求めるもの……これは誰の言葉だったかな。ニーチェかな。忘れた。俺の言葉だったかもしれない。

とにかく男は若い子が好きなことに対し、あまり厳しい目を向けられることがない。この世界は成人も早けりゃ結婚も早いしな。ちなみに、ハルペリアでの成人年齢は十六歳である。

「俺はな～……あ、今はアレだけどよォ、〝若木の杖〟のモモって子！　あの眠そうな目の小さい子な！　あの子はまだ小さいけど、将来美人になるぜぇ～」

「あっ……」

「あれ？　チャックお前知らなかったのか？　モモはサリーの娘さんだぞ」

「……えっ？　えっ⁉　サリーさん人妻かよぉ～⁉」

「子供作ってすぐに旦那さん死んじまったけどな。未亡人だよ」

今サリーは三十一かな。俺より二つ上だ。娘のモモはサリーが十六の頃に産まれたから……今十五歳か。時間の流れは早いな……。

「え、えっ……サリーさんいくつ？」

「あの人、見た目の割に結構年上でしたよね」

「ククク……三十くらいじゃなかったか？」

「三十一歳だぜ確か」

「え～!?　見えね～！　二十五くらいだと思ってた～！　っつーかサリーさん子供いたのかぁ……！」

サリーはあまり子供に構わないし、愛着もあるのかないのかわからない。数年前にレゴールで活動していた頃も、親子というよりは少しドライな関係だったというか……パーティーという集団で子育てをしている感じがあった気がする。最近また見るようになったサリーとモモも、その関係性はあまり変わってないように見えた。

でも同じ〝若木の杖〟の子から聞いた話では、魔法の勉強はサリーがよく指導してやっているらしい。

正直他人の親子関係にはあまり踏み込みたくないから詳しくは知らん。

子供が不幸せじゃなさそうなら良いんじゃないか。

「僕は特にギルドマンの人に対してそういう感情は抱かないですね……抱かないようにしているというか……」

「……ああ、前にあったもんな……伝説のパーティークラッシャー……」

「あ、ミルコさん、その話すると僕動悸《どうき》が止まらなくなるのでちょっと……」

「ごめん、やめておこう」

懐かしいな、サークルクラッシャーならぬパーティークラッシャー……さんざん〝大地の盾〟の男を食い散らかして弄《もてあそ》んだ挙句《あげく》、最終的に王都の裕福な商人の嫁として玉《たま》の輿《こし》に乗って去っていった伝説の女が……。

あの事件のせいでしばらく〝大地の盾〟が女性不信みたいになってて可哀想《かわいそう》だった。

「モングレルは〝アルテミス〟の子と仲良いよなぁ～……ライナは別に良いけどよォ～……ウルリカちゃんにまで手を出すとはなぁ～」

「いやウルリカって……っつーかライナは別に良いって、ちょっとライナに対して酷《ひど》くないか？」

「ライナはな～……女って感じじゃないからなぁ～」

「わかります。素直で可愛《かわい》いですよね」

「クク……真面目《まじめ》な良い奴だよ。色気はないが……」

ライナ……まぁ、起伏も乏しいし、ちみっこいしな……。

でもウルリカはもっと違うだろ……男だし……。

でも男って俺から言うのもひょっとするとダメかもしらんから言わんでおくが……。

「ウルリカちゃんもな～胸は薄っぺらいけどよぉ～……尻が良いよなぁ～」

「ククク ッ……わかる……良い尻してる……」

「ミルコさん、嫁さんに殺されますよ！　……まぁ、〝アルテミス〟の隙のない独身組の中では唯一気安く接してくれるので、わからないでもないですけど」

「なんでモングレルは仲良くなってんだよ～え～？　ウルリカちゃんに紹介しろよ～このチャック様をよ～」

「いや向こうもチャックのことは知ってるだろ」

「え……俺のことなんか言ってたりした……？」

「なんも言ってねぇよ」

「あ～！　モテてぇ～！」

「僕が言うのもなんですけど……そんな態度だからモテないんですよ……」

「というかチャックお前、受付嬢のエレナに気があったんだろ。エレナはどうしたんだよ」

「本命はエレナちゃんだぜ～？　でも副菜があっても良いだろぉ!?」

「ククク……気持ちはわからんでもないがな……」

「ミルコさん結婚生活に不満があったりします……？」

「ないが？」

「ええ……」

「……いやチャックお前な、今エレナがいないからこういう話しても大丈夫だと思ってるのかもしれないけどな。ミレーヌさんには普通に俺たちの話聞こえてると思うぞ」

ちらりと受付の方に視線を向けると、にこやかに微笑《ほほえ》むミレーヌさんと目が合った。

軽く手を振ってみると微笑んだままガン無視された。

「……ミレーヌさんからエレナちゃんにこの話が伝わるかもしれねぇってわけか～」

「結構なリスクですよ、それ」

「……ってことはよ～……俺がエレナちゃんに気があるってことを遠回しに伝えられるってことだよなぁ～⁉　これが恋の駆け引きってやつかもなぁ～⁉」

何故《なぜ》か自信満々にそう宣《のたま》うチャックに対し、俺たち三人は黙って酒を飲んだ。

モテる男に何故モテたのかという不思議はあるが、モテない男にはなんとなーく察せられる理由があるものだ……。チャックを見ていると、そんなことを考えてしまう。

ミレーヌさんは誰も並んでいない受付で、微笑みを浮かべながら何らかのメモをとっていた……。

第七話　ケンさんのお店をどうにかしろ

BASTARD・SWORDS-MAN

大麦の作付けが本格化する。

実は大麦の作付け面積は近年ジワジワと増えていたのだが、今年はさらにそれを拡大したらしい。一体何スキーの影響なんだ……。

しかしウイスキーもなかなか出回ってこなくてモヤモヤするな。既に一般に販売はされているらしいが、なかなかお目にかかる機会はない。高級品のため仕方ないとはいえ、ほぼ貴族街に出回っているらしい。あとは王都向けだったり、輸出向けだったり……。そろそろレゴールの下町にも回せや。物売るってレベルじゃねえぞ。

まぁ最初から全《すべ》ての需要を満たせるわけじゃないから仕方ねえけども……一度味わってしまうともっと欲しくなっちまうんだよなこれが。

「うーん、麦芽水飴《ばくがみずあめ》はすこーしだけ安くなったが……ウイスキーは相変わらずだな……」

大麦から作る麦芽水飴は収量が増えた影響かちょっと値下がりした。それでも十分高いけど。飴色《あめいろ》の語源にもなったという、琥珀色《こはくいろ》の美しい麦芽水飴。……くそー……ウイスキーみたいな色しやがって……。

「モングレルさーん」

「お、ケンさん。どうもどうも」

「どうもこんにちは。お久しぶりですね」

「久しぶりっす。……お店再開したの久々に見ましたよ。もうお菓子屋《かしや》辞めちゃったのかと」

「ぬふふ……まだ辞めませんよぉ。最近厳しくて辞めるかどうかギリギリなとこではありましたが」

市場を歩いて少ししたところで、馴染《なじ》みのお菓子屋さんが珍しく店を開いていた。

ロマンスグレーの中年男性。彼はケンさんという。かつて王都のお菓子屋で働いていたお菓子職人だったが、店のボスの横柄な性格が嫌になりレゴールにやってきたという、苦労してそうな人である。

まぁ苦労してるのは今も変わらないのだろうが……。

「お店やってるなら、久々に入らせてもらおうかな」

「本当ですか！　どうぞどうぞ、お入りください。あ、お金はいただきますよー？」

「いやいや払います払います。俺は稼ぎの良い独身ギルドマンなのでね」

「ぬふふ、独身は良いですよね。お金がかからない。自分の好きにお金を使えるのは良いことです」

ケンさんのお店は古い酒場を改装したものなので、店内のレイアウトはほぼ酒場である。カウンター席はなく、その分広めに取ったキッチンでお菓子類を作っている。

クッキーやビスケットなどのお菓子が主な商品で、色々なお店に卸《おろ》してもいる人気商品ではあるのだが、お客さんがそれを店内で食べてくれなくて困っているらしい。

稼ぎ頭の焼き菓子はもっぱら配達品だ。よそに届けてそれで終わり。

もちろん貴重な売上なのでやめるわけにはいかないのだが、ケンさんとしては店が賑《にぎ》わうことがないので複雑なところだろう。

「新作の豊穣《ほうじょう》クッキーです。さあどうぞ」

「おー」

出されたのは皿の上に三枚ほど並べられた正方形のフロランタンのような菓子だ。

下のクッキー生地に……柑橘《かんきつ》とひまわりの種などを乗せ、麦芽糖の水飴で固めたようなやつ。表面は飴がテラテラ輝いてて綺麗《きれい》だし、普通に美味《うま》そうだ。

んむんむ……ああ、良いねこれ。ひまわりの種の風味が香り高くて実に美味い。生地がしっとりしていて、それでいてベタつかない……。

「こちらタンポポのお茶になります。苦い風味がよく合いますよ」

「おお、どうも。……うーん、この苦さが良い」

「ぬふふ」

このお店ではタンポポの根から作った黒いお茶……というよりコーヒーみたいな飲み物

を提供してくれる。前世でも代用コーヒーとして、タンポポの根を炒った飲み物は細々と普及していた。カフェインはないけど逆に健康的で良いかもな。味としては、コーヒー欲を抑えてくれるだけの近さはある。お茶と言われればお茶な感じの飲み物ではあるんだが。

「ふう……こんな美味いのにどうして客が来ないんですかね」

「ありがとうございます。……ううん、私も悩んでいるのですがね……やはり場所が、高級菓子に向いていないのでしょうなぁ」

そう。ここは庶民がよく使う市場に近い通りにある。金持ちがあまり通らない場所なのだ。

「近頃は水飴も蜂蜜《はちみつ》も安くなって、より手頃な価格でお菓子を提供できるようになったのですが……やはりこの立地では難しいのかもしれませんねぇ」

ケンさんはお菓子の味に対しては酷《ひど》く真面目《まじめ》で、妥協というものが下手な人だった。今メインでやっている手頃な価格のクッキーも本当なら不本意なのだろう。今俺が食べたフロランタンのように、高級路線でやっていきたいはずなんだ。

「うーん……けど今は景気も上がってきているし、しばらくしたらチャンスも生まれてきそうなもんですよね」

「はい、そう思っているのですが……それまで果たして、この店が持つかどうか」

「厳しいっすか」

「厳しいですねぇー……」

タンポポの根もひまわりの種もサングレール原産の作物だ。なのにわざわざ連合国経由で輸入したやつをこの店では使っているわけで、そりゃあコストも馬鹿みたいに上がる。

しかしケンさんは妥協できない。不器用すぎる男だ。

……このタンポポコーヒー、個人じゃなかなか仕入れられないんだよな。この店がなくなったら好きな時に飲めなくなる。それはちょっと、いや結構惜しい。

……テコ入れするか。

「……ケンさん。俺に良い考えがある」

「ええー、モングレルさんにですか」

「露骨《ろこつ》に期待してなさそうだ……いやいや良い考えなんですよ。俺がこの店を繁盛させる
……そうだな、相談役になりますよ」

「相談役を雇うお金の余裕もないんですよ……」

「いやいや儲《もう》かったらで構いません。それにお金もいらないです。ただ、儲かったらその時は……今後俺がこのタンポポ茶を飲む時、半額にしてもらえれば」

「……この店が盛り上がるのであれば、安すぎるというものですねぇ。しかし本当にお客さんが来るのでしょうか」

「なぁに簡単ですよ。ケンさんのお菓子は完璧なんですから、後は客をここにぶち込みゃいいだけです。そのために頭を捻《ひね》るだけですよ」

俺はお土産《みやげ》にフロランタンをいくつか買い、会計を済ませ、席を立った。

「また明日も来るんで、店を開けといてください。その時に良いものをお見せしますよ」

「……年甲斐《としがい》もなく、期待して良いですかね？」

少し不安そうに微笑《ほほえ》むケンさんに、俺は力強く頷《うなず》いておいた。

まぁ実際のとこわからんけど。俺は経営とかはよくわからんし。でも、半額のタンポポ茶が飲めるってんなら……普段の仕事よりも一層、本気出していかなきゃなぁ！


「ようエレナ。お疲れー」

「ああ、モングレルさんこんばんは。仕事……ではないですよね、こんな時間に」

俺は昼の明るいうちにちょっとした工作を済ませてから、ギルドへとやってきた。

酒場は任務を終えた連中で賑わっているが、受付は空いている。この時間帯を待っていたんだ。

「ちょっと掲示板の近くにこいつを張り出してもいいか聞いておきたくてよ。今は特に掲示物もないし構わんだろ？」

「なんですかそれ……ケンの菓子工房《かしこうぼう》……お菓子屋さんの宣伝ですか？」

俺が持ってきたのは羊皮紙にインクで描いたケンさんのお店の宣伝ポスターだ。

簡単な店の場所、新作の菓子情報をわかりやすく図にしたもの。印刷技術なんてないし大量にばらまくことはできないが、人目につく場所に張っておけば問題はないだろう。

「へえ、こんな通りにお菓子屋さんなんてあったんですね。知らなかった」

「張り出して良いかい？」

「うーん……ギルド副長に確認を取ってみて……になりますかねぇ」

「今張らせてくれるならこれ食べて良いよ」

「……」

スッと机の上に差し出したフロランタンを見て、エレナは周囲の様子を窺《うかが》った。

そして険しい顔つきでフロランタンを手に取り……食べた。

「……」

「エレナ、顔、顔、顔。緩んでる。ばれるぞ」

どうやらお気に召したらしい。良かった良かった。

「……まぁ、しばらくの間でしたら。数日でしたら許可します」

「ありがとう、話がわかる相手でよかったぜ」

「モングレルさん、もう一枚ありますよね？」

「ダメ」

「むむむ……」

いやしんぼめ。高いお菓子なんだからそんなたくさんはあげません。

何よりこのフロランタンは大事なミッションのために使わなきゃいけないんだ。

「よう〝アルテミス〟諸君」

「……なによ、モングレル」

「なんスかなんスか」

俺はエールを片手に〝アルテミス〟のいるテーブルへとやってきた。

普段俺の方からは〝アルテミス〟に絡みにいかないことを知っているせいか、シーナはどこか怪訝《けげん》そうな顔でこっちを見ている。

「まぁそんな邪険にするなよ。今日の俺はお菓子屋の宣伝に来ただけなんだからな」

「宣伝？　お菓子？」

「えーなになにー、さっきエレナさんと話してたのってそれのことー？」

「ほれ。どうよ俺の手描《てが》きポスターは」

羊皮紙のポスターをテーブルに広げてみせると、〝アルテミス〟の面々は興味深そうに覗《のぞ》き込《こ》んだ。

「……大きな字はともかく、細かい文字が下手ね」

「うっせ、下手なのは元々なんだよ」

というよりわざとだけどな。ケイオス卿《きょう》の手紙の文字と似ないように普段はちょっと崩して書いてるんだ。

「へー……行ったことないっスね」

「私も……ありません。知らなかった……」

「豊穣クッキーか。ふむ……どんな味なのやら」

「あ、こちらサンプルになります」

「現物あるんスか！」

「わぁー綺麗！　え、モングレルさんこれ貰《もら》っちゃっていいの⁉」

「良いぞー、みんなで分けて食べるといい。お前ら〝アルテミス〟が興味を持ってくれれば、ケンさんのお店に客が増えそうだからな」

ギルドには女も多い。特にギルド内部で働く女は高給取りだ。人の出入りが多いギルドにポスターを掲示するのは悪くない。そして〝アルテミス〟はほぼ女だけで構成されたパーティー。しかも内部には家庭持ちも多く、主婦のネットワークと繋《つな》がってもいる。女といえば甘いもの。その繋がりを狙えば、きっと悪い結果にはならないだろう。

「んっ！　美味しいっ……！　ザクザクしてる！」

「あら、本当ね。こういうナッツも悪くないわ。……お茶が欲しくなるわね」

「モングレル先輩、お菓子取って良いっスか」

「好きにしろ」

「わぁい……んー！　甘いっ！　美味しい！」

よしよし、なかなか好感触のようだ。あとはポスターを掲示板近くに張り出せば終わりだな。

で、明日の朝になったら店の前に立て看板でも出して、店がここにありますアピールしときゃ完璧よ。

「……それにしても、これは任務ではないでしょう。どういう風の吹き回しでお菓子屋の広告なんてやってるのよ」

「別にやましいところがあるわけじゃねぇよ……これで店が繁盛した時、俺が店で頼むタンポポ茶が半額になるってだけだ」

「やっぱそういうことっスか」

「ぬふふ」

「変な笑い方っスね……」

「これね、ケンさんの笑い方」

「マジっスか」

まあさすがの俺もタダじゃ動かんよ。基本的には俺の生活が豊かになることしかしてやらん。そういう意味じゃ今回の個人商店を儲けさせる動きは珍しいかもしれないな。

さてさて。明日、ケンさんのお店がどう賑わうのか。ちょっとだけ楽しみだぜ。

第八話　最も重要な一・二番テーブル

翌朝。俺はケンさんの店にやってきて、仕上がったものを見せた。

「これは……看板ですか」

「ええ、ケンの菓子《かし》工房《こうぼう》……このお店を示す簡単な立て看板です。これをこうして広げて、この棒を二つの出っ張りに引っ掛ければ、ほら」

「おおー」

前世ではよく見かけたA字型の立て看板だ。展開と固定のやり方は脚立に近いかな。

看板には〝ケンの菓子工房〟というデカデカした文字と、焼き菓子……に見えなくもない俺のイラストに、簡単なお品書きも書いてある。それと一部のおすすめメニューの値段もな。この板は俺が洗濯板を作る時に失敗したやつを流用した。良い使い道ができて良かったぜ。

「しかし私の店にも看板はありますよ？　お客さんは確かに来てませんが、存在が知られていないというわけでもないのですがねえ……」

「甘い……甘いぜケンさん。ミカベリーのジャムより甘いぜそれは」

「ミカベリーのジャムより!?」

「見てみなよケンさん。確かにケンさんのお店はちゃんと看板も出している……ドアに吊《つ》るす感じでね」

「ええ」

「……ちょっと小さくないっすか?」

「小さいですかねぇ……」

いや小さいよ。見てみ、あれを。多分これ説明しなきゃ理解されないと思うけど、看板つってもドアの上にでっかいのがあるわけじゃねえんだ。窓のない酒場のドアに、ネームプレートみたいにして店名の書かれた札がくっついてるだけなんだ。

わかんねーってこんなん。役所や事務所じゃないんだからさ……。

「俺の作ったこの看板も大きいわけじゃないですけどね、あのネームプレートよりデカいですよ。そこからしてまずおかしいんです」

「ですが……私のお菓子の味は確かですよ?」

「お菓子が誰かの舌の上に到達する前の段階ですからね……」

「なるほど……そういう考えもありますか……」

そういう考えもなにもこのレベルで躓《つまず》かれるとな……コンサルとしては結果が滅茶苦茶《めちゃくちゃ》出しやすくて上客も上客ではあるが……。

「これを店の前に出しておけば、通りかかった人が店の存在に気付くでしょう。で、まんまと吸い込まれ二度と戻ってこられなくなる、と」

「ちゃんと帰しますよ？」

「いやいや一度入った客をずっと中に閉じ込めるくらいの気持ちで良いんですよ。なんならタンポポ茶の値段を二杯目以降は半額にして、長時間居座らせても良いな。苦いお茶で我慢できなくなった客が二皿目のお菓子を買うって寸法ですよ」

「モングレルさん……もしや本当に私の店のことを考えて……？」

「ふふふ、まるで俺が酒の席で安請け合いしたかのような言い方をされててショックですが……俺ぁ本気ですよ。昨日もギルドで宣伝しておいたし、お土産《みやげ》に持っていったお菓子も好評でした。自信持ってくれ、ケンさん！」

「……ありがとう、ありがとうモングレルさん。ええ、必ずお客さんを我が店に幽閉してみせます！」

その意気だぜケンさん。

さあ、それじゃあ早速開店といこうじゃねえか！

「ところでモングレルさん、その掃除道具は？」

「あ、俺午前中はここらの都市清掃やってるんで」

「……お疲れ様です」

「いえいえ。あ、ケンさんのお店の近く重点的にやっときますね」

「ぬふふ、嬉《うれ》しいなぁ。ありがとうございます」

そういうわけで、今日もケンさんのお店が始まった。

が、そう都合良く朝からジャカジャカお客さんが来るはずもない。みんな仕事があるんでね。ケンさんもそれがわかっているからか、朝の早いうちはまとめて作ったクッキーを他の店に配達しに出かけていた。その際にドアに吊るされた看板をひっくり返し、「ただいま配達中」と主張してはいるのだが……その時になんと店名が表に出ていない。これでは完全にケンさんの店の気配がしない。そりゃ存在感も薄いわけだわ。オープン&クローズくらい別の看板作ろうぜケンさん……。

「お客さん来ないですねぇ……」

「まだ昼だよケンさん。安心してくださいよ、この時間から客はやってくるもんなんすから」

「お昼時……ここで来なければ、難しいところですね」

この世界におけるお菓子は、主食と大差ない認識だ。飯のかわりに食べるもの。カロリー的に考えればまぁ当然だろう。食後のデザートという文化は極々一部だけだ。

そういう意味じゃこのケンさんのお店は特殊なんだが、それでも美味《うま》いのは本当だ。物好きな人は来てくれるはず……。

「本当にここなんスか……って、あれ？　モングレル先輩」

「よう、〝アルテミス〟諸君」

「……あの立て看板がなければ見過ごすところだったわ」

「ねー、小さいねー。あ、モングレルさんこんちはー」

店にやってきたのは〝アルテミス〟だった。

ライナ、ウルリカ、シーナの三人である。いつもよりちょっと連れが少ないか。

「今日は貴族街で弓の指導をやってきたんスよ。その帰りに寄ろうってことで……あ、モングレル先輩の席そこ大丈夫スか」

「良いぜ。いやぁ紹介した手前来なかったらどうしようかと不安だったところだ。来てくれて助かったぜ」

「あ、なんか真っ黒いの飲んでるー」

「タンポポ茶だ。風味は炒《い》り麦茶《むぎちゃ》みたいなもんかな。胃腸にも良いぞ」

「へー美味しそうー」

客が来ると一気に店内が華やぐな。それも〝アルテミス〟の面々だ。お菓子屋といったらこういう空気感じゃなきゃいけねえ。

「いらっしゃいませ。モングレルさんのお知り合いでしょうか？」

「ええ、まぁ同じギルドマンの誼《よしみ》でね。昨日ここの豊穣《ほうじょう》クッキーだったかしら、いただいたわ。美味しかったから今日も注文させていただこうかと」

「ぬふふ、それは嬉しいですね」

「ンッフ……」

「ライナ、笑っちゃ失礼でしょっ」

「？　ああ、お菓子と一緒にタンポポ茶もおすすめですよ。いかがでしょうか？」

「じゃあお菓子とお茶をそれぞれ一つずつお願い」

「ええ、かしこまりました」

ケンさんは上機嫌でキッチンへ戻っていった。嬉しそうだな。久々のお客なんだろうか。

……それにしてもライナ。ケンさんの笑いがツボったか？　変なところでツボるな。

「へー、お菓子屋さんかぁー……。なんていうか、あれだね……想像していたのより、こう……」

「ええ、そうね……」

しばらくしてお菓子とタンポポコーヒーがやってきた。艶《なま》めかしく輝くフロランタンと芳醇《ほうじゅん》なタンポポコーヒー。悪くねえよな。決して安くはないが、この価格で飲み食いできるクオリティではないと思うんだよな。

「お待たせしました。……モングレルさんのご友人でしたら、隠しても無駄でしょうな。当店はどうも、なかなかお客様が店に来にくいようでして……何かお気づきになられましたら、是非とも遠慮なく私に仰《おつしや》ってください」

「まぁまぁ、そういうのは食べてからだぜケンさん」

「おっとそうでした。ではごゆっくり……」

三人は皿に盛られたフロランタンをつまみ、ザクザクと食べる。

「んまー！」

「美味しいねっ！」

「……うん」

　すると普段仏頂面を浮かべているシーナですら口元が緩むのだから、お菓子ってのは凄《すご》い。個人的にヒマワリの種じゃなくてアーモンドスライスでも……っていうのはワガママなんだろうな。まぁこれはこれで美味しいよ。サングレールの味ってのはこんな感じなのかもしれねえな……。

「……遠慮なく、と言ってたけれど。ケンさんだったかしら。気になっていたことを訊《たず》ねても良いかしら？」

「おお、是非お願いします」

「ご意見はありがたく受け取るぜ。俺はケンさんと一緒にこの店をレゴールで一番の菓子屋にするって決めたんだ」

「マジっスか先輩」

「いつもの冗談に決まってるでしょー……多分」

　シーナはタンポポコーヒーを飲み、やや言いづらそうにしてから再び口を開いた。

「……この店、何故《なぜ》店内の調度品が素っ気ない丸テーブルと椅子だけなの？」

　ふむ。言われてみるとたしかに店内はテーブルと椅子だけだな。カウンターの席はないし、カウンターだった場所はナッツや材料を置いておく棚にされている。

　それ以外は置物も壁掛けもラグマットもなにもない、味気ない空間だった。気にし始めると確かに気になるかもしれん。

「調度品にお金を使うよりも、材料や調理器具を優先してまして……」

「限度があるでしょう……出す物が美味しくてもこれじゃ客は長居したくならないわよ……」

「しかし、私の作るお菓子はレゴール最高のものですよ……？」

「当然のような顔で凄まじい自信を放ってくるわね……味だけでなく店内の過ごしやすさにも目を向けてほしいわ」

「あ、わかるっス。殺風景っスよね」

「そこらへんの安い酒場よりも何もないよねぇー……わっ、これ苦いなぁ」

なるほど……シーナの言うことにも一理あるな。俺は美味いものさえ提供してくれるなら一人用のカウンター席で味に集中する形式でも構わないし、それでコストカットになるっていうのなら歓迎するタイプだから考えが及ばなかったぜ……。完全に客を店内にぶち込んでおけばそれで良いと思ってたわ。

「ふむ、内装ですか……埃《ほこり》の舞いにくいものを選んで上手《うま》くやるとしましょう……他には？」

「看板がわかりにくすぎるわ。もっと大きいものを建物に付けた方が良いんじゃないの」

「言われてますよモングレルさん……！」

「いやケンさんの看板だぜそれは。ドアのやつのことですよ」

「駄目なんですか⁉」

「うん、多分駄目ですよあれ」

思い返してみれば、俺もケンさんが出前に出ていて外で偶然会ったときしか店に入ってなかった気がする。それ以外は存在が消失してるような店だったしな……。

まぁ店名が消えてるんじゃ気配を消してるって言い方も間違いじゃないんだが。

「とにかくそれに気をつければ、少しは良くなると思う。……次も、今日来れなかった子を連れてまた来るから。今度はもっと居心地《いごこち》の良い店になるよう、頑張ってちょうだい」

「美味しかったねー！　また来るよー！」

「っスね。お酒も合いそうっスけど」

そうして三人は帰っていった。帰り際にお土産用のフロランタンも買っていったので、売上としてはまずまずだろう。

もちろんたった一組の客が来ただけで満足しちゃいけない。今日の課題をしっかりフィードバックして、明日の結果に繋《つな》げていくんだ！

「お邪魔しまーす……あ、モングレルさん？」

「お、エレナだ。ケンさん、またお客さんですよ！」

「なんとなんと！　ぬふふ、早速忙しくなりましたなぁ……ありがとうモングレルさん！」

「良いってことですよ。俺は俺で安くお茶が飲めるし。明日から店内の彩《いろど》りも頑張りましょう、ケンさん」

「ええもちろん！」

〝アルテミス〟が帰ったと思ったら次はギルド嬢組だ。ランチ休憩に早速ここを試そうってことだろう。昨日のフロランタンが良く効いたようでなによりである。

……客が食ってる時や帰る時の感触も悪くない。今まで認知されてなかっただけで、店をやっていくポテンシャルそのものはあるみたいだ。よかったよかった。慣れないコンサルごっこで変な引《ひ》っ掻《か》き回《まわ》し方《かた》をせずに済んでなによりだ。

これからはちょくちょく、この店に寄らせてもらうことにしよう。そしていつかウイスキーを仕入れさせて、甘いものと一緒にいただくんだ……入れてくれるかな？　酒はさすがに駄目かねぇ……まぁ今度ダメ元で頼んでみるとしよう。


それから十日ほどもすれば、ケンさんのお菓子屋は繁盛しはじめた。

その日の売上をそのまま調度品に全ツッパする男気ある設備投資により店内のレイアウトは瞬《また》く間《ま》に豪華になり、それまでの無課金アバターみたいな内装は見違えるように魅力的になった。

今では荷物置きにしていたカウンター席部分も開放しなきゃいけないほどの盛況ぶりで、配達や配膳《はいぜん》で手が足りないから若い人も一人雇っているのだという。

まるで新装開店したかのような勢いだが、客が入らなかったのは存在があまりにも知られていなかったからだというのだから、広告や宣伝ってのは本当に馬鹿にできないよな。

「よーっす、ケンさん」

「ああモングレルさん、どうも。カウンター席しかないのですがよろしいですか？」

「賑《にぎ》わってますねぇ……大丈夫ですよ。ミカベリージャムのタルト一切れとタンポポ茶を貰《もら》えるかな？」

「はいはい、了解です。あ、そちらの端は予約席なのでその隣で」

店内はやはり、女性客が増えている。暇《ひま》してる御婦人とか、高給取りなお嬢様とか。中にはそんな女性の気を引くためにこの店をチョイスした男の姿もある。

そういう客層を見ると、やっぱり店内の内装ってのは大事なんだなと改めて思わされる。

うーん、俺も老後はこういうお菓子屋というか喫茶店を経営してみたいぜ……。ただ忙しくて大変なのは嫌だから、スタッフを五人くらい雇っておきたいな。

俺はカウンターでコーヒー飲みながらカップ磨いてるぜ、カップ。

「いらっしゃいませ……ああ、もしや予約の」

「失礼するよ。へえ、こういう店だったのかぁ……」

「席はこちらです、どうぞ」

「うむ。……はぁ、椅子高いなぁ、嫌だなぁ……んしょ、よっこいせ……ふぅ」

新しく来たお客さんは、ちょっと小綺麗《こぎれい》な格好をしたおじさんだ。

背が低く小太りで頭も禿《は》げているが、どこぞの商会長でもやってそうな気品を感じる。

「話題になってるあれ、なんだっけ……豊穣クッキー。それと焙煎麦《ばいせんむぎ》のクリーム乗せをいただこうかな」

「かしこまりました。少々お待ちください」

これで満員御礼《まんいんおんれい》だ。すげー人気店になったもんだよ本当に。

クリームなんて扱っちゃってまぁ……予算が増えて色々作れるようになって楽しいだろうなぁ。いつかこの店でプリンとか作ってもらうことにしよう。農家には鶏卵《けいらん》の増産をやってもらわなくちゃな。夢が広がるぜ……。

「ケンさん、俺にナッツの飴《あめ》包み貰えるかな」

「む、美味しそうな……私にも同じやつを」

「はい！　しばしお待ちを！」

人気店になると客の回転数上げたくなるだろ、ケンさん。だけどそれは許さねえぜ。俺が来たからには半額のタンポポコーヒーを三杯以上は飲ませてもらうからなぁ……！

安い豆菓子で粘れるだけ粘らせてもらうぜ……！

第九話　ストロングなモングレル

BASTARD・SWORDS-MAN

「金がねぇなぁ」

ギルドのテーブルに座る俺が、天井を仰ぎながらそう零《こぼ》す。

別に珍しくもない、よくある光景だ。

「そりゃお前、そんなもん買ったら金もなくなるだろ」

向かいの席に座るバルガーが呆《あき》れたようにそう返事をくれる。

確かに正論かもしれない。テーブルの上にデンと置かれたそれを見れば、金が掛かってそうだなってのはわかるしな。値段は誰にも伝えてないはずだが。

「そんなもんて……なぁバルガー……ギルドマンってのは、身体が資本だろ。身体がイカれちゃ稼げる仕事は受けらんねぇ。だから些細《ささい》な事でも注意を払って、自分の身体を守っていかなきゃいけないわけだ。金は大事だが、糸目は付けねぇよ」

「モングレル、今日そのビール何杯目だ？」

「四杯目」

「そんな顔してるなぁ」

「バルガー、お前も他人事《ひとごと》じゃないんだぜ。ギルドマンは歳《とし》をとりゃ動きは悪くなるし勘も鈍る。それに、独り身なら余計に死にたがりにもなるってもんだ」

「今日のお前はうるせえなぁ。ビールの入荷なんて教えなけりゃよかったよ」

「ギルドマンが最前線で働ける年齢なんてお前だいたいわかってるだろ」

「……そりゃあな」

バルガーは今日、怪我《けが》をした。大した怪我ではない。ちょっと小盾で受け流した攻撃が身体に掠《かす》って、少し血を流しただけ。

だが相手はとんでもない化け物というわけではない。少なくとも五年前くらいのバルガーだったらそんな間抜けな怪我を負うことはなかっただろう。衰《おとろ》えた証拠だ。

そう、衰えるんだよ。身体の衰えは頭がボケるよりもずっと早い。オリンピックで活躍する選手の年齢層を見ればわかるだろう。そういうことだ。ここにいる皆には誰にも伝わらないことだろうが。

「生涯現役ってのは格好良《かっこい》いよな。でも、引退後の生活を少しでも考えておくべきだと、俺は思うぜ」

「ほんとジジ臭い上に説教臭い奴《やつ》だなお前は。昔から変わらねえけど」

「バルガーなら街でもやってけるさ。後輩を指導して、ギルドの……こう、重役かなんかになってな……」

「はいはい。ほら、これ食えこれ。薬草のサラダだ」

「薬草だぁー？」

どう見ても解毒草に似てる草だ。それを……茎《くき》を潰して……なんだっけな。この製法。薬効の抽出……ギルドの資料室で見たが……結局市販品の方が手間もかからなくて安いってなったやつ……。

「さっさと食えよ。食えなきゃ今度の試験でお前は強制的にシルバーに昇格することになってんだ」

「なんだとぉ馬鹿野郎お前俺は食うぞお前」

昇格なんて冗談じゃねえ。こんなサラダ一口で全部平らげてやるわ。

ほーれムシャシャシャシャ……ってクッソ苦《にげ》え……。

「……あー」

「目が醒《さ》めたか」

嚙《か》み締《し》めた苦い汁を一口飲んで、すぐに効果が現れた。

毒消しに使われる薬草、ダンパス。それの茎を潰して葉と一緒に飲むと食中毒とかを和らげてくれるんだ。

本当は生で使うと薬効が強すぎて胃が荒れるらしいんだが、今はこの生の強さが効いた。

……さっきまで頭に回っていたアルコールがすっかり消え去っている。

「……なあバルガー、このビール強くねえ……？」

「いやだから俺言ったじゃねえかよ。いつもより強いんだからガバガバ飲むなって……」

第九話　ストロングなモングレル

「はー、なんでこんな……んー、匂い嗅いだらこれ、あれだな。蒸留酒《じょうりゅうしゅ》が混ざってるのか……？」

「ウイスキーの製造で失敗したなんかを、ビールに少し混ぜて卸《おろ》しているらしい。酒精《しゅせい》は倍ほど違う上に悪酔いするって話だ。……っていう話もお前にしたよなぁ？」

「いやー、まさかこれほどとは……」

普段出る酒は度数も低く飲みやすい。ビールであってもアルコールは低い、実に優しい酒だ。ほろ酔いレベルである。しかしこれは……ほろ酔いなんてレベルじゃない。まして倍どころじゃない。いわばストロングビールだ。

ストロング……馴染み深い言葉だ。今生でそのレベルのアルコールを飲んだ記憶はほとんどなかったが、魂が覚えていたのだろう。そのせいで違和感なくグイグイいっちまったようだ……。

いや酒は怖い。別にこの身体も特別酒に強いってわけでもないし、肝臓をやったら病院なんてものはないし……。

気をつけよう。バルガーに説教しかけたけど人のこと言ってる場合じゃなかったわ……。

「あ、モングレル先輩……うわっ酒臭っ」

「おお、ライナ。それとウルリカも」

「こんばんはー……って臭いなぁ……どんだけ飲んだのー、モングレルさん……あ、バルガーさんもこんばんは」

「おう」

「この酒はちょっと浅いわけがあってな。任務帰りか？　お疲れさん」

見たところギルドに戻ってきたのはライナとウルリカの二人だけ。〝アルテミス〟としての活動というよりは、二人でペア組んで軽い狩猟でもしてたってところか。

二人はそのまま受付で手続きをしている。……うーん、弓。弓か。最近弓の練習してないな。いや、それより魔法の練習もやってない。そろそろやらなきゃ本がインテリアになりそうだ。

「それよりもモングレル、これだよこれ」

「これ？　ああ……この装備？」

バルガーが俺の新装備を遠慮なく指さしている。

「こいつを引き合いに出して俺に説教してただろ」

「あー……ごめん。いやちゃんと理由があってな。ほら、これ防具だろ？　良い防具揃《そろ》えて安全にお仕事しましょうって話よ」

「そんなふっつーな話しようと思ってたのか……てかこれ防具なのか？　魔物の剥製《はくせい》とかじゃなく？」

「どっからどう見ても防具だろ、ほら」

俺はテーブルに置かれた装備を被ってみせた。

ちょっと重いけどほら、頭装備だろ？

「モングレル先輩ー、一緒にそっちの席で飲んでいっスか……ってうわぁ！　なんかいる⁉」

「ぶっ……あははは！　モングレルさんなにそれー！」

「って感じだぞお前」

「弓使いにはわからんのです」

「俺にもわからねえよ」

「槍《やり》使いにもわからんのです」

今俺が装着してるヘルムは、つい最近市場で買った新装備。

もちろんただのヘルムではない。頑強なプレートヘルムの頭頂部にトサカのように大きな斧《おの》を生やし、左右にはこう……見たことないけど多分ヤギとか羊が持ってる感じの大きな角を生やした、超攻撃型のヘルムなのだ。後ろの方はなんか毛皮みたいなのがついててふさふさしてる。暖かいし耐衝撃性にも優れてるよな、多分。

普段は格納されているが、鼻から顎《あご》にかけて守ってくれるフェイスガードもしっかりついている。顔面への攻撃にも対応した頭の最強防具だ。攻撃力が上がるし攻撃された時に何割か反射する効果も持ってそうな気がする。普通の頑強なヘルムの三倍くらい重いのはまあ愛嬌《あいきょう》だよな。

「またモングレル先輩が無駄遣《づか》いしてるっス……」

「いや、俺も今まで普通のヘルムしか持ってなかったじゃん？　高かったけど本気装備として買おうと思ってな」

「普通のままでいいんだよお前」

「なんでそう変なところで思い切りが良いのー……？」

「この角格好良くない？」

「角は格好良い」

「だろぉ？」

「バルガー先輩、モングレル先輩に甘いっスよ！」

このデザインが良くてなぁー……。

斧を取っ払って角折ったら、多分この兜《かぶと》ゴブリン特効付くよ。取らんけど。

「モングレル、お前俺の心配するけどなー……お前の方こそ金は大丈夫なのかよ。今はそりゃお前もバリバリ稼いでるだろうが、金欠で動けなくなった時がやべえだろ」

「ねー……モングレルさんっていつもお金がないーって喚《わめ》いてる気がするよ。そのくせ色々買い物してるし……普段そんなに大きな任務受けてないのに、どうやって稼いでるのー？」

「私も知りたいっス。なんか悪いことやってたりしないスよね」

「しねーよ悪いことなんか」

バレない範囲で非合法なことはちょっとやったりしてるかもしれんけども……。

「最近はあれだな。黒靄《くろもや》市場で俺のオリジナル発明品を露店商に預けて売ってもらってるな」

「お前も懲《こ》りねえなぁ。ケイオス卿《きょう》の後追いかい」

「いやいやこれが売れるんだよ。今発明ブームだろ？　何かネタがある時はサッと作って売りに出すんだよ。何年も売れ残ってるやつもあるけどな、意外と買う奴がいるから馬鹿にできたもんじゃねえんだ」

「はえー……そうなんスか」

「えーどんなの売ってるのー？」

ファイアピストンは……言うのやめとこう。あれを例に出すとアイデアの源泉を聞かれた時にすげえ困る。そもそも前世でだって誕生のきっかけについてはっきりとはわかってない代物だ。人に説明しても怪しくないものといえば……。

「洗濯板だな。こんくらいの板にこう、直角くらいかな。ギザギザの溝があってな、そこに水で濡《ぬ》らした服をこう擦《こす》ると、よく汚れが落ちるんだ。便利だぞ、まぁちょっと他人のを真似《まね》したところはあるんだが」

「えっ！　それ多分うちらのクランハウスにあるやつっスよ！　誰が買ったのかは……忘れちゃったスけど」

「マジで？　おいおい〝アルテミス〟さん……お買い上げありがとうございます」

「えっ？　えー？　あれっ……？　あ、あーあったね、あれ便利だよねっ」

「ほー、やるじゃねえかモングレル」

マジか、こんな身近な相手にも洗濯板が出回ってたか。まぁ実績のある生活用品だから流行《はや》るのも不思議ではないが……あまり有能な発明家と思われたくないなぁ。

「あとは……あれ。前にギルドでディックバルトが話してた尻に突っ込む道具」

「はへっ……？」

「ぶっ。……モングレル先輩、今私飲んでるんスけどっ」

「いや逆にこんなのシラフで話せねえよ。酒飲んでなんぼの話だろ」

「アッハッハ！　あーなんかあったな！　掲示板に描かれてたやつな！　覚えてるわ！　そんなもんまで作ってたのかお前！」

「も、モングレルさん、そういう道具も売ってたの？　作ったの……？」

顔の赤いウルリカが遠慮がちに聞いてくる。

まぁ……現物がこの場にあるわけでもないし、酒の席だし良いか。

「汚い話だが、身体の中に突っ込む道具だろ？　だから怪我したら悪いからよ、特別滑らかなホーンウルフの角を川でよーく削《けず》ってな……少しのバリも段差も出さずに仕上げないと怪我するだろうから、相手を思いやって優しく念入りに、こう」

「作ったのか！　男のケツに突っ込む道具を！　アッハッハ！」

「そ、そうなんだ……優しいね……」

バルガーめっちゃ笑ってるわ。まぁ笑うよな。笑い話にでもしてくれなきゃこっちも虚《むな》しい話題だし助かるわ。

「どんな形なんだよオイ、何個作ったんだ？」

「形は……まぁもう売れたからいいけど、いや俺もどんな形にすりゃいいかわからないからさ、俺の股間のバスタードソードを参考に仕上げたんだ」

「えっ、あっ、そう、なの……？」

「お、お前のかよっ……ひー苦しい……え、いくつ？　いくつ作ったんだ？」

「三つ。人に任せて売り出したけど、しっかり全部売れたぜ。高くしたのに驚きだわ」

「あっはっは！　マジかー！　売れたのかモングレルのモングレルが！」

「そうだよ、モングレルのモングレルだよ。今もこの街のどこかで誰かが俺のモングレルを使ってるかもしれねえんだ。それ想像するとな、売れたけど正直後悔することも多いわ……」

「わ、笑い死にする……！　やめてくれっ……！」

やべえバルガー死ぬほど笑ってるわ。

面白いか？　面白いよな。俺も第三者目線なら笑ってるもん。

好きなだけ笑ってくれ……その方が毎夜感じる俺の虚しさも和らぐしな……。

「……モングレル先輩、汚い商売してたんスね」

「いや汚いって……汚いなうん。汚いわ」

ライナのジト目は百パーセント正しい。俺は薄汚《うすぎたね》え商人になっちまったよ。

「で、でも……あれだよね。そういうのでも相手の身体のことを思いやって作るのって……すごく優しいよね、モングレルさん……」

ウルリカ無理してコメントしてない？　無理にこういうきったねえ話題に入らなくて良いんだよ……？

「まぁそういうフォローは嬉《うれ》しいな……元々、あの時の話題で危ない一人遊びをしないようにって作ったものだから。すぐに売り切れたのは予想外だったが」

「ホーンウルフの角なんてもったいないっスね……」

「それな」

「……そっか……じゃあ、モングレルさんが……モングレルさんのが……私を……」

「わ、笑いすぎて腹が……攣《つ》った……！」

「おーい大丈夫か引退間際のおっさん」

「て、てめぇモングレル……畜生、そんな話題卑怯《ひきょう》すぎる……ひぃー、ひぃー……！」

「なんで男の人ってこういう話題が好きなんスかねぇ……」

その日、バルガーのたるみかけの腹筋はちょっとだけ鍛えられたのだった。

俺のモングレルのおかげでバルガーの現役がまた一日伸びたわけだ……いやマジできったねえ話だなこれ……。

第十話　スモーカーの休憩時間

BASTARD・SWORDS-MAN

レゴールの製材所は常に忙しい。建築用の大型の柱材や梁材《はりざい》、家具、家庭用の薪材《まきざい》など、需要はいくらでもあり、尽きることがない。当然、そこでの働き手の募集も多くあり、一般の日雇い仕事も常に張り出されている。俺たちギルドマン向けの力仕事の募集も多いので、まぁ力のない奴には無理だろうし、キツいっちゃキツいのだが、パワーとスタミナのある奴なら選《よ》り好《ごの》みしなければ食うに困ることはないだろう。

今日の俺はそんな製材所で働いている。力自慢のギルドマンでも身体を壊しかねないので何日も続けて入れないような、大型の材木運びだ。かなりの重労働だが、俺にとっては稼ぎの良いシンプルな仕事である。

「よーし、終わり。まぁこんなもんだろ」

二人や三人で運び込むような巨木をドーンと最上段に積み上げ、ノルマ達成だ。やることがシンプルでありがたいぜ。ノルマさえ達成すりゃ後は自由だから拘束時間も短いし、なかなか美味い仕事だ。

「相変わらずの馬鹿力だな、モングレル」

第十話　スモーカーの休憩時間

「おう、トーマスさん。そっちは休憩かい？　お疲れさん」

一仕事終えてベンチで休んでいると、木工のトーマスさんが汗を拭いながらやってきた。

渋い顔立ちの、老人と言って差《さ》し支《つか》えない年齢の男である。しかし歳の割に姿勢は綺麗だし、まだまだ現役を感じさせる覇気《はき》のようなものがある人だ。そんな出来る堅物《かたぶつ》感が女心に刺さるのか、この歳でもモテているという話だ。本人はそういう浮いた話は嫌いそうだが。

「しかし、ギルドマンもピンからキリまでだな」

「なんだよトーマスさん」

「いやな。モングレルはよく働くだろう」

「気持ち悪いな、いきなり褒めてどうしたよ」

「まあ聞け。最近、アイアンランクか、そこらへんのギルドマンの新入りらしい連中がやってきて、ここの仕事を手伝っていたんだがな。そいつらときたら、仕事はしねぇわ勝手に休憩所で寝てるわで……ここまで馬鹿がいたのかとちょっとした話題になってよ」

「なんだそいつら……またとんでもないハズレが来たな。え、レゴール出身かい？」

「いや、他所のアイアンランクの連中らしい。サボっているところを見つけたうちの若い連中がボコボコにして、ギルドに叩き返してやった」

うわぁ、とは思うが、真面目に仕事しない奴への対応はそんなものである。

特に荒くれ者の多いこういう現場で舐めた真似をすると、すぐさま鉄拳制裁が待っている。可哀想《かわいそう》とは思わんね。真面目に働け。

「俺も休憩を挟んだりはするけどな、さすがにそいつらみたいな真似はしねぇよ。ギルドマンだってそういう連中ばかりじゃないぜ、トーマスさん」

「そいつは俺もわかってる。ただ、そんなことがあったってだけの話だ」

そう言いながら、トーマスさんはコーンパイプを取り出し、くしゃくしゃになった煙草《たばこ》の葉を詰め、口に咥《くわ》えた。

コーンパイプ。それは文字通りトウモロコシを使ったパイプ、喫煙具《きつえんぐ》である。コーンの芯をくり抜いたパイプ本体と、その側面から伸びる横向きのシャンクと吸口によって構成されているアレだ。マッカーサーやポパイなんかが使っているのが印象的だろうか。逆に言えばそれくらいでしか知らない道具でもある。俺もこの世界に転生するまでは実物は見たこともなかった。近くでまじまじと観察してみると、確かにパイプ本体には食った後のトウモロコシみたいな跡が残っている。……言い方が悪いのを承知で言うが、見るからに安っぽい道具だ。

「……なんだ、モングレル」

「いや、トーマスさんいつもそのコーンパイプ使ってるなと思ってよ」

「ああ。昔はクレイパイプだったんだがな。近頃はこればかりだ。水気も吸ってくれるし、吸い始めが甘くて悪くない」

「クレイパイプっていうと？　ああ、焼き物を使ったパイプってことか」

「艶出《つやだ》しした木製の物を使っていた時期もあったがね。高い金を出して買ったお気に入りのが……割れちまってからは、懲《こ》りたのさ。安くて自作できるこいつに落ち着いた」

「え、自作なのそれ？」

「ハッ。木工やってる奴がこの程度のもん作れねえでどうする」

トーマスさんは長いマッチを擦って火をつけると、それをくるくる回しつつ、パイプの中に器用に火を引き込んでいる。火を近づけながら吹いたり吸ったりと忙しそうにする姿は、前世の紙巻き煙草の手軽さを知ってる俺としてはやたらと面倒臭そうだなとしか思えないが、それでも渋い年配の男がこうして手間暇かけてパイプを吹かしている姿というのは、やはりハードボイルドに映るのだった。

「そういうマッチも高いだろ、トーマスさん」

「ああ。便利だが、高い。煙草も馬鹿にならん。一番安いのはこのパイプ本体だ」

「ははは」

「……うむ、火種が落ち着いた」

そこらへんで拾ってきたようなコーンの芯にストローをぶっ刺したようなビジュアルのコーンパイプだが、こうしてプカプカと煙が出ていると様になるのだから不思議だ。

「そういや、モングレルは酒は飲むが、煙草はやってないな。吸わないのか？」

「あー、俺は苦手なんだ。まあ、金もないしな」

俺は酒は飲むけど煙草はやらない。前世でもほとんど吸ってなかったしな。多分やり始めたら普通にハマりそうではあるんだが、医療の発達してない世界で肺をノーガードで痛め続ける勇気が俺にはなかった。もちろん、金銭的な問題も嘘ではないが。

「吸ってみるか？　この葉はなかなか良いぞ。安物は不味いし身体を壊すだけだが……」

「いやいや良いって。話聞いてるだけで面白いから。下手にハマって手放せなくなったら素寒貧《すかんぴん》になっちまうよ」

「そうか……仕事後の一服ってのは、良いもんなんだがなぁ」

トーマスさんは本当に残念だといった顔で、リング状の煙を吐き出してみせた。

「あ、それはちょっとやってみたい」

「は？」

「ほらトーマスさんが今吐き出したそれ！　バブルリングみてーな、輪っかの煙だよ」

「こいつか？　……フゥーッ……」

「おー出た！　良いな、それできるようにはなりてえわ」

「……お前な。煙草はまず第一に味なんだよ。なんだ輪っかってのは。仕事上がりや酒場で飲みながら一服する時間の贅沢《ぜいたく》さがだな……」

「最初にモワッと出して中心に細く吹き込む感じか……？　ちょっと貸してくれよトーマスさん。一発で作ってみせるぜ」

「さっきまでやらねえって言ってた奴がよ……」

吸口の部分を掃除してもらい、ついでに火種もまた新たに作ってもらい挑戦開始。

まあ、前世じゃほとんど吸ってないとはいえ、何度か友達から貰ったりして試したことはある。習慣にしてなかったというだけだ。別に煙を口に入れることが初めてってわけでもないので、特に違和感はなくプカプカと……。

「ゲホッゲホッ」

「おいおい」

「……いやちょっと勢いよく吸いすぎた。平気平気。まずは大きな球体を作るイメージで煙を口に含んで……フゥーッ……あれっ、できない……」

「ハハッ、良い吸いっぷりじゃねえの」

「いや違うんだよ。つかしーな……待て待て、もう一回な……フゥーッ……あれぇ」

バブルリングっぽいものを作るイメージで吐き出してはみるものの、ブサイクな煙の塊がモワァと吐き出されるばかり。ちっとも上手くいかねえ……あ、ちょっとコーンっぽい味がする……。

「モングレルが煙草を吹かしていても、ちっとも様にならねえな。ガキの遊びみてえだ」

「おいおいトーマスさん、この俺が煙草咥えてる姿なんてハードボイルドすぎるだろうがよ。普段やらないだけで格好はついてるだろうが、ほら」

「なんで顎しゃくってんだ」

「コーンパイプってこう咥えるんじゃねえの？」

「その吸口じゃそうはならんだろ」

「あ、そうなんだ。……パイプはわっかんねえなぁ……ゲホッ」

「ハッ、まだまだ子供だな。……さっさとそれ返しな。一回分が休憩時間として丁度良いんだ。モングレルが下手に吹かしてると、休憩時間が縮みそうだ」

ひでえ言いぐさだ。煙草を布教したいならもうちょっと褒めて伸ばしてくれよ。

……まあ、ニコチンに依存する前に撤退するなら今が一番なんだろうけどさ。

第十一話　好みの防具あれこれ

前にパイクホッパーという虫系魔物の討伐《とうばつ》をやった。

デカいバッタの魔物だ。虫が苦手な人にとっては軽い悪夢だろうな。額にトゲというか、鈍い角のついた分厚い殻《から》があって、ジャンプとともにそこをぶつけてくるような連中だ。

ハルペリアでは比較的珍しい虫系の魔物だが、こいつに限っては数が多い。そして、こいつの討伐証明は額の殻なので、大量発生の時期になるとこの殻がたくさん集まるのだが……実はこの額の甲殻《こうかく》には、ちょっとした使い道がある。

「先輩先輩、モングレル先輩。何やってんスか」

「おー、ライナか。今ちょっと作業中でな」

俺は今、ギルドの隅のテーブルでちょっとした作業をしている。

パイクホッパーの甲殻と革を用いた、簡単な工作だ。

「なんかの……装備？　のメンテっスか？」

「おう。メンテというより装備製作に近いかな。これ、なんだと思う？」

BASTARD・SWORDS-MAN

俺は半分ほど出来上がったそれを持ち上げ、ライナに見せてやった。

緩いお椀型《わんがた》のプレートと、その両端に開けられた細長い穴。穴には革のベルトが通され、身体に装着できるようになっている。

「んー、大きさ的に膝当てとかっスかね」

「正解。パイクホッパーの甲殻を使った膝当てだ」

「あー。初心者用装備でよく売ってるやつ」

「そうそう」

パイクホッパーの甲殻は形や硬さも膝当てにピッタリなので、たまに安めの膝当てやら肘当《ひじあ》てやらに使われている。商品になる時はだいたい色が塗られてわかりにくくなっているが、塗られてしまえば材質はほとんどわからない。まぁ形が明らかにパイクホッパーっぽいから、ギルドマンが見ればわかっちゃうんだけどな。

頑丈《がんじょう》さの割にかなり軽量なので、軽装備を好む奴《やつ》にとっては良い素材と言えるだろう。

しかし……。

「うーん、虫系の防具って人気ないんスよねぇ……」

「そうなんだよな。俺は普通に良いと思うんだが」

「やっぱりパイクホッパーっていうのが安っぽく感じるんじゃないスかね」

どういうわけかパイクホッパー製の装備は下に見られている。

性能は悪くないはずだ。はずなんだが……なんか侮《あなど》られているっていうのかね。脚を使った飛び道具の類いも人気がねぇんだよな。

「そりゃ金属鎧《よろい》の方が扱いやすいかもしれないけどな……金のないルーキーだったら、格好《かっこ》付けずにこういう鎧に手を出しても良いと思うんだよな。近接役なら尚更《なおさら》だぜ。わがままなもんだよな」

「でもモングレル先輩は近接役なのに防具ほぼ着けてないっスよね」

「俺は無敵だから良いんだよ。どれライナ、ちょっとこれ着けてみろよ」

「えー」

なんて言いながらも、ライナはいそいそと革ベルトを締めて防具を着け始めた。良い後輩を持ったぜ……。

「いやこれ私には大きすぎるっスね……」

が、防具を身に着けたライナはしっくりきていない様子である。そりゃそうか。ベルト最大まで締めてもなんかプラプラしてるもんな……。

相変わらず細い身体してんな……。

「俺基準で作ってたからなぁ……ライナくらいの細身じゃガバガバだったか。若者向けならもう少し小型にしないと売り物にならんな」

「ガバガバどころかスカスカっス」

あらら、ちょっと動いただけで装備がすっぽ抜けた。こりゃ駄目だわ。

パイクホッパーの甲殻は一つとして同じサイズはない。選べば小型の防具を作るくらいのことはできるだろう。

だが、それには小型のパイクホッパーの甲殻が必要になる。俺の長年の経験からだが、ライナに合うサイズの装甲となるとちょっと物を選ぶだろう。あんまないサイズなんだ。それはそれでコストが掛かるなぁ……。

「ライナ、ここにいたのだな。弓の金型の試作が……む、モングレルと一緒だったか」

悪あがきにベルトの穴を調整していると、本を小脇に抱えたナスターシャがやってきた。〝アルテミス〟の副団長にしてゴールド1の水魔法使い。最近は俺もよく〝アルテミス〟の連中と関《かか》わるようになったが、ナスターシャとはあまり話す機会がなかったんだよな。まぁ、こっちから話すような用もないんだが。

「ナスターシャ先輩、おっスおっス。今モングレル先輩が作ってる防具を試着してたんスよ」

「ほう、自作の防具か。素人《しろうと》が作った装備に信頼性はないだろう」

「いきなり冷徹な正論をぶっ放すじゃねぇの……これでも俺の自信作なんだぜ?」

「ふむ」

ナスターシャはライナの隣に座ると、パイクホッパーの甲殻を指でコンコンとノックした。金属音はさすがにしないが、プラスチック程度の硬質な音はする。

「裏地に布、ベルトはムーンカーフの革か」

「ムーンカーフの端材《はざい》が安売りしてたんでな。見た目はあまり良くないが、丈夫だから使ってみたんだ。初心者用の防具としては安いし性能も悪くないしで十分だろ？」

「なるほど。確かに見栄《みば》えの悪い革だが、しっかりしている」

「でも私にはサイズ合わなくて装備できないんスよ。初心者用だったら、もっと小さめのサイズにするべきだと思うんスよね」

「まぁまぁ。ああでも、ナスターシャだったら多分装備できそうだな」

ナスターシャの体つきは女性らしいというか、出るとこは出てるがそれ以外は普通だからな。膝当てだったら問題なくいけるはずだ。

「あまり私の好みの見た目ではないが……装備すると、こうか？」

ナスターシャは軽く甲殻を身体に当てて使用感を確かめてみるようだ。……が、何故《なぜ》か膝当てを自分の左胸にギュッと押し付けている。うお、でっか……あんなに形がはっきりと変わって……。

「ていっ」

「痛っ⁉　ライナ、蹴るなよ……！」

「ナスターシャ先輩、それ使い方違うっス！　膝に着けるんスよ！」

「そ、そうだったのか？　弓使い用の胸当てかと思ったのだが。ふむ、確かにベルトの長さからして胴体用ではないか……」

すると今度はローブのスリットから形の良い脚を伸ばし、膝当てを装着し始めた。

おお……前々からナスターシャのローブには蠱惑的《こわくてき》なスリットがあると思ってはいたが、

こうして生足がはっきりと出てくると……。

「ていっていっ」

「痛、痛いって！　いや目が行くのはしょうがねーだろ！　蹴るなよ！」

「なんかものすごい真剣な目でじっと見てたっス」

「ふむ……曲げた時の違和感が強い。私はあまり好きではないな」

おいおい、俺がライナに脚蹴られたのに結局そんな短いコメントで終わりかよ。

いやまぁ、違和感が強いのはわかるけどさ。関節の可動域が狭くなるのはわかりやすいデメリットだしな。

「体格としては装備できる物だろうが、私は魔法使いだから必要性は薄いな。近接役の人間に使用感を聞くのが良かろう」

「いやー……魔法使いだっていつでも安全ってわけじゃねえだろ？　転ぶようなことだってあるかもしれないしな。そういう時こそ、この手の防具が活《い》きるんじゃねーのか」

「フッ……私にはシーナがついている。危険など訪れるものではないだろう」

得意げに笑ってるけど……いや、シーナがすげぇ弓の使い手だってのは俺も知ってるけどよ。そういう慢心は良くないと思うぜ……。

「そもそも、モングレルよ。お前がそれを装備してみてどうなのか。それが最も参考になるのではないか」

「それもそっスね。普通の体格で剣士なんスから、どうなんスか」

【第十一話　好みの防具あれこれ】

「どうもこうも……」

ナスターシャから渡された防具を眺め……俺はそれをテーブルに戻した。

「うーん……俺はもうちょっと格好良い《かっこい》い装備が良いなぁ……」

「結局モングレル先輩もわがまま言ってるじゃないスか⁉」

実用性もコスパも大事だが、身に着けるものは見た目の良さも重要なのである。

第十二話　悪意の蝶

BASTARD・SWORDS-MAN

レゴールの周辺に存在する魔物紹介のコーナー。

まず殿堂入り級のレギュラー、クレイジーボア。

家畜化するとブタになるあいつらである。普段は畜産業やってる人らが管理しているのだが、たまーに凶暴なやつが想定以上の力で檻《おり》やら柵《さく》やらから飛び出し、野生に還って魔物化してしまう事がある。こいつらがクレイジーボアと呼ばれていて、まぁ前世で言うところのイノシシに近いやつらかな。俺は前世のイノシシと戦ったことないからわからんけど、だいたい同じくらいの戦闘能力は持っていると思う。ただこっちのクレイジーボアは明らかに人間を憎んでいるような殺意の強い動きをするもんで、そういう意味じゃ多分もっと厄介《やっかい》だろう。広く飼育が許されている数少ない魔物の一つだ。

次点が森の殺し屋、チャージディア。

つまり鹿。ただの鹿と違うのは、角が真《ま》っ直《す》ぐ頭突きする方向に伸びていて、チャージディア自体もそれを武器に突っ込んでくるってところだ。前世の日本にいた鹿のように人を怖がって逃げたりはしない。草食のくせにな。とにかく殺傷力ある角が厄介で、年に何人も殺されている。ギルドマンですらそうだ。攻撃方法と体重を考えれば騎兵突撃とほとんど変わらないから、鹿とはいえその攻撃力の高さは疑いようもない。大規模な群れで行動してないのが唯一の救いだろうか。

そしてクソ厄介なのが……イビルフライ。

こいつはさっきの二体ほど遭遇する確率は高くないんだが、遭遇した時が最悪の相手だ。イビルフライは大きな蝶《ちょう》の魔物で、その翼長は一メートルにも達する。翅《はね》は銀色だが、光の当たる角度によって黒くなったり紫になったりする。バロアの森に咲く大輪の花の蜜を吸うため、春から夏にかけて遭遇することがある。

イビルフライは別に、風魔法でかまいたちを生み出して切り刻んだり、エアスラッシュで素早く攻撃を仕掛けてきたりするわけではない。ただこいつがばらまく鱗粉《りんぷん》には特殊な毒が含まれていて、そいつを吸ったり被ったりした時が厄介なのだ。

その効果は……鱗粉を受けた者の、時間差での記憶喪失。鱗粉の量にもよるが、鱗粉攻撃を受けた者はその何秒か何十秒後かに、直近の一定時間の記憶を失ってしまう。数分だったり、数時間だったり……。大したことのない効果に思えるが……案外これが、人間には致命的だったりするのだ。

「同士討ちだってよ」

「イビルフライの鱗粉が服についてたって話だ。新人パーティーだからな……ついてない奴《やつ》らだ」

その日、俺は小物の討伐《とうばつ》を終えた後、解体処理場で証書を受け取るまでの間ずっとロイドさんと駄弁《だべ》っていた。そんな時にやってきたのが、大怪我《おおけが》した若い男女と、動揺する男。そしてその付き添いでやってきた熟練パーティーだった。

「……イビルフライが出たか。春の小物狩りもそろそろおしまいだな」

蝶の魔物はこれといって解体すべき部位もない。討伐証明は柔らかな複眼だけだ。

解体屋としてみれば特徴的な複眼を鑑定するだけの魔物でしかないが、イビルフライの悪名は街にも広く知れ渡っている。

「しっかり押さえておけ。血が溢《あふ》れる。気をしっかり持つんだ」

「死にはしないから安心しろ。運がいいな……腕は……動くようになるかどうかわからんが……」

イビルフライの鱗粉は人の記憶を時間差で消す。

例えば、吸ってから……一分後に、「それまでの一時間の記憶を消す」といった具合に。それだけ聞くと怖くないように感じるかもしれない。ただちょっとした記憶の欠落が起きるだけ、それだけだとな。イビルフライ自体には戦闘力はないし、記憶の欠落を起こすのもただ奴が逃げるための時間稼ぎみたいなものだ。鱗粉に殺傷力はない。

だから鱗粉を受けた者を殺すのは、魔物ではない。

その近くにいる、人が秘める悪意だ。

第十二話　悪意の蝶

「ち、違う。俺はやってない。そんな恐ろしいこと……！」

「……駄目だ。当事者なんだろうが。一応お前も拘束《こうそく》する。……運が良かったのかどうかわからんがな」

「信じてくれよ！　俺は何も覚えてないし……！　近くにいた魔物がやったんだ！」

「信じるかどうかは、お前の取り調べが終わってからだな」

犠牲になったパーティーは男二人と女一人。パーティー名はなんだったかな……〝友情の〟……駄目だ、思い出せねえや。

「怪我人《けがにん》はこっち、お前は……詰め所で待ってろ」

「頼むよ、俺じゃないって……！」

新人たちはそれぞれ別の場所へ送られた。……イビルフライ絡みで何かあった時の、よくある光景だ。それでもまだあいつらは死人が出てない分運が良い。

「悪意の蝶、イビルフライ……か。仲間割れする連中を見ると毎度醜《みにく》いもんだと思うが……哀れだな」

「意外な連中も揉《も》めてるもんな」

ギルドマンでない解体屋にとっては、そうだろう。実感も薄いだろうな。そういうもんだ。なにせ巻き込まれた当人たちだって記憶は定かでないんだから。

イビルフライは人の悪意を暴き出す蝶だ。悪名高いもんだから、ギルドマンなら誰でも知ってる魔物でもある。この蝶と出会った時、人は自らの心の底に眠らせていた悪意を呼び覚ましてしまう。

パーティー内で邪魔だった奴を消したい。

こいつから恋人を奪いたい。

パーティー内の女を犯したい。

あいつの武器が欲しい。

金が欲しい。

理由は色々あると思う。イビルフライは、そんな悪意を赦《ゆる》す魔物だ。

一定時間後に記憶は消える。つまり怪我も殺人も全《すべ》て忘れ去ってしまう。それを利用し、どうにかして「気に入らなかった」仲間の一人を殺そうとする奴が現れる。俺はソロだからピンとこない。こないが……こういう事件は、悲しいくらい多い。

だから多くのパーティーにとっては、そういうものなんだろう。

潜在的な悪人にとっては、邪魔者を消す絶好のチャンスの到来。それがイビルフライという魔物が空を舞う季節なんだ。

「さて、と」

「何だモングレル、行くのか」

「いや、バロアの森に戻る」

「……イビルフライか？」

「ああ。討伐してくる。この時間に出立したっていう証人になってくれるかい？　どうせ

第十二話　悪意の蝶

ギルドで討伐が組まれるんだ。一足先に向かって生き残りの蝶がいれば始末してくる。俺なら一人だから万が一もないしな」

「そりゃあ、問題ないが……」

「ギルドへの報告は頼んだぜ。あっちのパーティーに言伝《ことづて》を頼んどいてくれ」

俺は解体所を後にし、すぐに門を出た。

イビルフライは最悪の魔物だ。奴らは誰の心にもある些細《ささい》な悪意を増幅し凶行へと走らせるだけの魔力を持っている。その魔力の強さに、ギルドマンとしての年季は関係ない。熟練のパーティーですら多少の不和が火種で崩壊することがあるからな。試されるのはパーティー内の真なる絆だけ。そしてその絆とやらはなかなか証明できるものではない。

解決法は単純だ。そもそもの元凶であるイビルフライを根こそぎ殺してやる。それに尽きる。

「ただの虫が調子に乗りやがって。去年も念入りに駆除したつもりだったが、絶滅はしなかったか」

懐に忍ばせた薄い羊皮紙に、インクで文字を書き記す。

『俺は五の鐘に東門を出てクソッタレなイビルフライをぶっ殺しにきた』。

運悪く鱗粉を吸えば記憶が飛ぶ、その対策として有効なのはメモを取ることだ。行動を細かくメモして記録。万が一の記憶喪失に備えておく。そうすれば混乱することも少ないからな。

「蝶殺しは俺が適任だ」

俺は身体強化すればこの街の誰よりも強い。そしていざ鱗粉を受けたとしても誰も殺さない自信があるし、誰にも殺されない自信がある。

さあ、人目につかない限り全力で討伐してやるぞ。

イビルフライちゃんをザクザクしてあげましょうねぇー。


「ハッ⁉」

気付いたら俺は森の入り口に立っていた。空は夕暮れ。身体は……葉っぱや種がついているし、袖には銀色の鱗粉もついている。気がついたら全て終わってたでござる。

まぁイビルフライって毎回こうなんだよな……こればっかりは仕方ない。鱗粉を浴びたら記憶を失う。俺も例外じゃねえんだ。布マスクも効かないからどうしたもんか……。

とはいえ、達成感は全くないけど徒労感も少ないからプラマイゼロってことで……。

「多分そこそこ殺したんだと思うけど、どうなんだろうな。リザルト見ておくか……」

俺は懐から羊皮紙のメモを取り出し、記憶を失う前の成果を確認してみることにした。

『イビルフライ討伐数　正正正T』

『ギフト使用一　効率が良かった、ごめんちゃい』

「……お、お前なぁー……いや俺だけど、こんなあっさい場所でギフト使うなよぉー……スコアすげぇけどもー……」

討伐数十七ってすげえな。そんなにいたのかよ。

しかも効率が良かったっておま……これ相当一箇所に固まってたやつじゃねえのか。想像するだけで気色悪い光景だな……。

あーでもそうか。そういう場面だと一気に殲滅《せんめつ》しないと無限に鱗粉浴び続けて詰むこともあるのか。それを避けるためにギフトとスキルで一気に決めにいったってところか……。

……大丈夫？　コンフリクトやりっぱなしとかない？　装備全部ある？

……ふむ、装備ロストは問題ないと。ならヨシ！

「ご安全に！」

俺はポケットの中に入っていた一匹分の蝶の複眼を握りしめ、レゴールへと帰ってゆくのだった。

時間が飛んだせいか腹減ったわ。

第十三話　任務後ティータイム

お茶というと、日本人なら真っ先に緑茶をイメージするだろうか。

チャノキから摘《つま》める葉っぱをなんかこうでかい設備で煎《い》ったり……まあ、馴染《なじ》み深いもんだよな。紅茶も烏龍茶《ウーロンちゃ》も有名だろう。飲んだことのない人はいないんじゃないだろうか。樹木から採れるお茶は特に世界中で広く飲まれている。

だが、お茶の原材料というのは何も樹木に限定されるものではない。ハイビスカスティーやジャスミンティーは花を使うし、ローズヒップのようなベリー系の酸味の強いお茶もあれば、麦茶を始めとする穀物を使ったお茶だってポピュラーだ。トウモロコシの髭茶《ひげちゃ》、ごぼう茶、香草を用いたハーブティーなどなど……まぁとにかく世界中で色々なお茶が飲まれている。使う素材も色々だ。植物だったらなんだってお茶になる勢いで作られているが……実際、その考えでほとんど間違いはないだろう。お茶というのは乱暴な言い方をすれば、植物系のものをお湯にぶち込めば成り立っちゃうようなものなのである。そこに身体に悪すぎる成分さえなければもう立派なお茶なのだ。

俺が暮らすこの異世界でも様々なお茶がある。ハルペリアは農業の盛んな国だから特に様々なお茶があり……中でもハーブティーを中心に広く飲まれている。

ハーブがなんとなく身体に良いという考え方は民間のレベルでも広まっていて、「適当な井戸水をそのまま飲むよりはハーブティーを飲んでいた方が身体に良いらしい」というふんわりとした受け入れられ方をされている。なので、ちょっと仲の良い客人に出す飲み物としてはハーブティーは非常にポピュラーなものだ。……まぁ、井戸水もたまに腹を下す要因になるからな。その点、ハーブティーにしているかはともかく、一度煮沸《しゃふつ》した水を使うというのは大事なのだろう。

あとはまぁ、お高いものでは普通の紅茶のような物もあるし、ケンさんのお店で出していたようなタンポポのお茶もある。ただし砂糖とか蜂蜜《はちみつ》は高いから、甘いお茶はなかなかお手軽には作れない。甘党にとっては厳しい世界だな。俺は甘党ってほどではないから平気だけども。

さて。しかし、ハルペリアには色々なお茶があるものの、突飛なお茶というものはそんなにない。ハーブティーのようないわゆる普通のお茶が広く安定供給されているからだろうか？　……まぁハルペリアみたいな、どこ掘っても肥沃《ひよく》な土地で生命力の塊《かたまり》みたいなハーブを栽培したら、そりゃすげー量できるのも当然だろうが……。

しかし味に関しては前世の経験もあってちょっとうるさい俺は、もう少し色々なお茶を楽しんでみたいというのが本音だ。

別になんとかかんとかオレンジペコみたいなお高いお茶を飲みてぇってわけではない。

こう、あるだろ？　なんとなく、味変したいなって時がさ。

「……バロアの森の入り口で何をやっているのかと思ったら、また聞いてもいまいちよくわからないことをしてますね……」

「というわけでお茶を作ることにしたんだよ」

俺は今、バロアの森に入ってすぐのところにある野営地でお湯を沸かしていた。

討伐《とうばつ》や探索のために森に入っていくギルドマンが、装備を整えたり飯を食ったり、あるいは戻ってきた連中が獲物を軽く捌《さば》いたりするために自然とできるスペースである。石造りの小さな砦《とりで》（という名の実質的には資材倉庫）なんかもあって、人の気配の濃さがなんとなく安心感を齎《もたら》してくれる場所だ。もちろん、ここだって数歩歩けば森なわけだから安全ではないのだが。

「アレックスは任務の帰りか？　まだ昼過ぎたばかりだろ。もう戻ってきたのかよ」

「僕一人でもできるような近場の調査任務でしたので……モングレルさんこそ、お茶を淹《い》れようとしているのはわかりましたけど、任務で来たわけじゃないんですか？」

「いいや？　ここは簡単なかまどもあるし、色々な植物も生えてるからな。本当にお茶淹れに来ただけだよ」

「……前々から思ってましたけど、よくそういう過ごし方ばかりして生活を維持できますよね……」

第十三話　任務後ティータイム

「お前すげぇダイレクトに失礼なこと言ってるぞ……まぁそこ座れよ、男二人でティータイムと洒落《しゃれ》込もうぜ。というか一緒に飲めよ。今ちょっと色々なお茶を試してんだ」

「まぁそういうことなら、ご相伴《しょうばん》に与りますが……」

渋々といった体ではあるが、アレックスはかまどの近くに薪《まき》を並べて座ってくれた。なんだかんだ言いつつも、付き合いの良い男である。

「でも、お茶といっても色々ありますよね。……モングレルさん、変なの作るつもりじゃありませんよね？」

「アレックス。植物を煎ってお湯にぶち込めば、そいつはもうお茶なんだぜ」

「語りが不穏なんですけど……!?」

「まあまあ。案外作り方の基本を押さえとけば飲めるものばっかりなんだぞ」

かまどの焚《た》き火《び》でお湯を沸かしつつ、小さなフライパンで草を焙煎《ばいせん》していく。

基本、食える植物であればなんだってお茶になるのだ。今調理しているのはサラダで時々使われることのある爽やかな酸味のある野草だ。大きく育ちすぎると繊維が固くて食用に適さなくなるのが難点だが、そんな状態の野草でもこうして煎ってしまえば……。

「なんだか香ばしい香りがしますね」

「料理じゃ油を使ったり煮込んだりするから、こういう香りは出てこないよな。で、ある程度やったらこっちのポットにぶち込んで、お湯を注いで……あちち」

火にかけた鍋からグツグツに煮立ったお湯を注ぎ……まあお茶の種類にもよるが、数分も蒸らしておけば成分は抽出できるだろう。逆に数分で何も出てこないようなものだとお茶としては不適格だ。俺の偏見だけども。

「よし、茶菓子《ちゃがし》はないが早速飲んでみるか。ほれ、アレックスも」

「あ、どうもどうも」

色はとても薄い緑色だ。一見すると「これ本当に成分出てんの？」って感じる淡い色合いだが、ハーブティー然《しか》りだいたいのお茶はこんなもんである。

どれどれ、香りは……まぁあるけど、こっちも淡いな。味も見ておこう……グビグビ……。

「……おー……？　どんな味かと思いましたが、案外普通に飲めるものですね」

「うん、だな。もう少し酸味のついた味になるかと思ったが……普通の葉っぱで出したお茶って感じになったな。まあ、これはこれで美味《うま》い」

「悪くないですよこれ。ちょっと薄めで爽やかさとかはないですけど、飲みやすいです」

どうやら無難な野草で煮出したお茶は、ゲテモノ嫌いなアレックスでも丸をいただける程度の品質にはなっているらしい。まあ、お茶ってのはそんなもんよ。

「次はこっちにしてみるか。枯れたダミグラス」

「ええっ⁉　枯れ草をお茶にするつもりですか⁉」

「茶葉だって乾燥させたり焙煎したりして水気を飛ばすことはあるだろ？　そう考えたらこいつも天日干《てんぴぼ》しみたいなもんだぜ」

「そうかな……？　そうかも……」

まぁ一応何が付いてるかわからないから軽く焙煎して……んでちょっと煎ったらお湯を注いでーっと。

「ほい、ダミグラス茶一丁上がり！」

「確かにお茶のような……でもさっきよりも色が薄めですね」

「味はどんなもんだろうな」

匂いはしない。色もない。さて、じゃあ味の方はどうなんだ、と……。

「無味……」

「うーん、これは白湯《さゆ》ですね……」

なんと全く味がしなかった。いや、強いて言えば埃《ほこり》っぽい感じ……？

まぁしかし、ありがたがって飲むような味では決してないな……。

「これ念のために捨てておこう」

「はい……」

挑戦は好きだが、変にリスクを取る必要はないので……怪しいと思ったらすぐに捨てます。それが長生きするギルドマンの秘訣《ひけつ》だ……！

「……やっぱ枯れてるのは駄目だったんですよ！」

「かなぁ……いやまぁ次のは大丈夫だから。次いくぞ次」

「めげないなぁ……」

この時のために森で色々なお茶候補生を拾ってきたからな。残弾は色々あるぜ……。

「次はこいつをいってみよう。バシネットナッツ」

「えぇ……？　確かにそれはこの時期に成る木の実ですけど……食べられないものですよ」

「の、殻《から》を使う」

「殻ですか⁉」

バシネットナッツは前世のどんぐりにそっくりな、椎《しい》の実《み》形の木の実だ。食べると渋いところもどんぐりそっくりである。そこらへんはスダジイとかそこらへんの食える木の実に似ていてほしかったぜ……。この世界でも、あまりこれを食べる虫や獣は多くない。

「殻も植物の部位だしな。煎っちまえば同じよ」

「勘弁してくださいよもう……というより、僕を実験に巻き込まないでくださいよ。美味しいものだけごちそうしてください……」

「まあまあ待て。俺もこのバシネットナッツとは違うやつだが、似たような殻でいい感じのお茶を作った実績があるんだ。俺の考えが外れてなければ、これもなかなかいけるはずだぜ」

「失敗するにしても、さっきの無味無臭くらいのやつでお願いしますよ……？」

注文の多い客だぜ……まぁいいさ、今回のお茶はいけるだろうからな。

煎ってほんのり艶《つや》やかな色に変わったバシネットナッツの殻をポットに移し、お湯を注ぐ。そしてしばらく待ってから注ぐと……。

「お……おお？　ほんのり赤みのあるお茶ですね……それにこの香り……」

「いい香りだな。こいつは間違いないぞ」

「……いただきます」

色味は薄めのほうじ茶に近い。香りもどこか覚えがある。どれどれ……おお。

「あ、これ良いです。美味しいですよこのお茶！」

「だろ？」

味としてはルイボスティーに近いだろうか。殻で作ったお茶にしては、そこそこ出来の良いお茶が抽出されたように思う。まぁ、製品として売り出すには殻を剝《む》く作業があまりにもしんどすぎるからやりたくはないが……個人で楽しむ分には、結構良い味だ。

「はー、こういうお茶もあるんですねぇ……しかしこれ、味はともかく身体に悪かったりしませんよね……？」

「大丈夫だろ。井戸水をそのまま飲むよりは遙《はる》かに健康的だと思うぜ」

「そういうものですかねぇ……モングレルさんはそういうところ適当なこと言うからなぁ……」

「おい」

「ですけどこれは本当に美味しく飲めます。ありがとうございます」

「よしよし……それでいい。お茶なんて美味ければひとまずそれでいいんだ」

味覚を満足させてくれるものってのは生きる上で大事だからな……多少身体に悪いくらいでも美味ければセーフってのは、酒や煙草《たばこ》が証明してくれてると俺は思うのよ。

「ここまで色々なお茶を試してきたアレックスなら、この俺のスペシャルなお茶も気に入るかもしれんな……」

「ええ……ちょっとちょっとなんですか。……いや本当になんですかその変な植物……まさかそれをお茶にするつもりですか？」

俺がバックパックから取り出したのは、以前市場で買ったヤツデコンブである。ヤツデの葉に似た姿の海藻で、油で炒《いた》めると肉っぽくなるとかいう謎の売り込みをされていたものだが……こいつで作るお茶といえば、もうおわかりだろう。

「こいつを適当にカットして、カップに入れてだな……お湯を注いで、塩をちょっと足す」

「えっ、塩入れるんですかこれ」

「本当は塩漬けにした酸っぱい実とかを入れたりすると美味いんだけどなぁ……」

「さっきからお茶からかけ離れた知らない要素ばかり出てくるんですけど、モングレルさん、これ思いつきでやってるとかじゃないですよね？　自分で試しましたよね？」

「毒見みたいな言い方は良くないぞ。安心しろって、こいつは特に俺のお気に入りのお茶だからな……」

「……まぁ、モングレルさんも飲むなら一度試してみますけども……」

　敵対関係の相手と飲み物を共にするみたいな感じだが……良いさ。こいつの味を知ればお前もすぐに納得するだろう。これは昆布茶《こんぶちゃ》……前世では特に俺のお気に入りだったお茶だからな……！

「うーん、やっぱりこの旨味《うまみ》が良いな……」

「んー……ああ、こういう味……妙なコクというか……ありますね……」

「どうだ、美味いだろ」

「ええ、まぁ美味しいといえば美味しい……んですけど……」

　どこか釈然《しゃくぜん》としない様子のアレックス。どうした、昆布茶はカルチャーショックが大きすぎて受け入れられなかったか？

「どちらかといえばこれ……お茶というよりスープじゃないですかね……？」

「……!?　確かに……!?」

　昆布で出汁《だし》をとって、塩で味付けして……確かにスープだ……！

「ああ、でも悪くないですよ。森を歩いた後だったので、塩味が嬉《うれ》しいです」

「……スープ……どちらかといえば確かにスープだ……」

「モングレルさんが何か長いショックを受けている……」

　アレックスに色々と目新しいお茶を講釈してやるつもりで開いたプチお茶会だったが、逆にハッとすることを教えられた……そんな昼下がりなのであった。

第十四話　爆ぜていない種子

屋外炊事場で小鍋と向き合っている。弱火にかけた鍋の底には浅く敷いた油。そこに目当てのものを散らし、長くじっくりと調理してはいるのだが……そこはかとなく駄目そうな気配が既に漂ってるのは多分俺の気のせいではないだろうな。

それでも都合良く奇跡が起こらねーかなと、かまどにぶち込んだ薪《まき》一回分の火が消えるまでの間は馬鹿みたいにじっと待ってしまう。無駄な時間だぜ……。

「おい、かあちゃん、そんなゆっくり回してたら焦げちまうよ」

「うるさいねえ、だったらあんたがやんなさいよ。うちはずっとこれでやってきたんだから」

「そんなに酷《ひど》い言い方しなくたっていいじゃないかよ」

少し離れたかまどを見ると、どこぞの家族がかまどで仔羊《こひつじ》の丸焼きを作っていた。

豪快な料理だ。作るの面倒臭そうだし自分ではやりたくないが、ちょっと羨ましい。

ああ、でもタレがない。やっぱりタレがねえんだこの世界には。

……けど大丈夫。こいつは塩さえあれば美味《うま》くいただける料理なんだ。タレなんて必要

【第十四話　爆ぜていない種子】

ない。バターと塩さえあればそれだけで十分に完成形と言える……はずなんだが、一向に出来上がる気がしない……。

「モングレル先輩、何作ってるんスか？」

「お？　ライナと……ゴリリアーナさんか、久しぶり」

「……どうも、こんにちは。モングレルさん」

通りかかったのはライナと、……相変わらず……貫禄《かんろく》がありすぎて女には見えない巨軀《きょく》と顔立ちの剣士、ゴリリアーナさんだった。珍しい組み合わせだなーと思ってよく見ると、ライナの手には羽根を毟《むし》り終えた鳥が握られている。どうやらさっきまで小規模な狩りに出ていたようだ。ゴリリアーナさんは護衛だったのだろう。

「これな、まぁ新しい料理を作ろうとしてたんだが……上手《うま》くいかなくてな。このままやってても無駄だろうから、かまど使いたかったらここ使って良いぞ」

「……なんなんスかねこれ。コーン……に見えるんスけど」

「コーンだよ。乾燥させたやつ。それを油で炒《いた》めてる」

「ええ……粉にしてないやつをっスか」

「俺の完璧な計画ではこいつが十数倍に膨れて美味しくいただけるはずだったんだがな」

「モングレル先輩の中でコーンはどんな穀物なんスか……」

俺が目指していたのはポップコーンだ。作り方はよくわからないけど、乾燥したコーンを油で熱してやればまぁいけるだろうと思ったのだが……なんか普通に焦げるだけ。誰がどう見ても失敗である。香りはそれっぽいんだけどなぁ……香りだけじゃなぁ……食感が九割九分九厘の食い物だからなぁ……。

「では……あの、かまど……お借りしますね……」

「ああ、好きに使ってくれ。なんならこの油も有効活用してくれていいぞ」

「あざっス！　助かるっス！　モングレル先輩にもお肉お裾分けするっス」

「おっしゃ。損失を取り戻した気分だぜ」

ポップコーンは作れなかったが、鳥のソテーをいただくことはできた。

代わり映えしない食べ慣れた料理ではあるが、まぁ肉は肉だ。美味いもんだよ。


「へえ、アイアンとブロンズの昇級試験か」

「そうっス。ゴリリアーナ先輩はこれからブロンズランクの昇級試験を見ることになってるんスよ。私はアイアンの弓使いの審査のお手伝《てつだ》いっス」

「ライナもついに試験官をやるようになったかぁ……感慨深いね」

「補佐するだけらしいっスけどね。緊張するっス」

軽く肉を食った後、俺たちはギルドに向かっている。

ライナとゴリリアーナさんが試験官をやるってのも面白そうなので、ついでに見ていくつもりだ。

「……上手くできるでしょうか……不安です……」

ライナも緊張してるようだが、ゴリリアーナさんの方がもっとアガっているようだ。

相変わらず見た目と性格が合致してない人だわ。

「ついでにモングレル先輩も試験受けて良いんスよ」

「嫌だ。俺は観客になる」

「昇格すればいいのに……」

「まぁ俺は良いんだよ。それより、ライナは新人たちを上手く導けるようにならなきゃな。審査は甘くしすぎるなよ？　試験官のせいで実力が伴わない奴《やつ》が上に上がるってのも不幸な話だからな。誰にとってもよ」

「……そう言われると、また緊張してきたっス！」

ギルドマンはブロンズからシルバーに上がってすぐに大怪我《おおけが》したり死んだりなんてことも珍しくないからな。状況や相手が変わって戸惑《とまど》っているうちにやられるパターンだ。試験を全力で受けて合格しても、その気力やコンディションを毎回の任務で発揮できるかどうかは別問題だ。そういう部分も試験官は見なくちゃいけない。

ま、ある程度の試験のマニュアルみたいなもんはあるから、それに従って篩《ふるい》にかければ良いだけなんだけどな。

「うぉおおおッ！」

「……単調、次」

「はい！　いきます……はぁあああっ！」

「……まぁ、よし……次」

ギルドの修練場で、ブロンズのひよっこ剣士たちがゴリリアーナさんと打ち合っている。互いに練習用の木剣を使っての闘いである。ゴリリアーナさんだけ部分的に軽鎧《けいよろい》を身に纏《まと》っているが、まぁひよっこの数も数なんでね。実力差があるとはいえ防具なしでやってるとバシバシ打たれてしんどいから仕方ない。

「じゃ、投げるっスよー」

「はい！」

ライナの方は近距離で動体を射つ試験をやっている。横から投げられる円盤を狙い射ち、なるべく中央を射抜くと良い成績になるらしい。ゲームみたいでちょっとやってみたい。

距離も近いし当てようと思えばワンチャン当たるかもしれんな。

待てよ。俺も弓使いになればブロンズ3くらいの今の状況でピッタリになれるんじゃねえか？　そうすればガミガミ言われることもなくなるはず……いや待て、無理だな。そもそもそもそもブロンズ級の弓の実力が備わってるかというと全く自信ないわ。

剣士しかねぇかやっぱ。

「■■■■■■■■ーッ!!」

「うおっ、びっくりした」

突然猛獣のような咆哮《ほうこう》が上がったかと思えば、どうやらゴリリアーナさんの声だったらしい。昇級試験自体はもう終わったようで、今は加点用の模擬戦に入ったようだ。木製のモーニングスターを両手に握ったゴリリアーナさんが、新人の群れの中で大暴れしているところだった。

ビジュアルは完璧に討伐《とうばつ》しなきゃヤバい蛮族そのものである。なんかこう……正気を失っているようでいて戦闘技術は損なわれてない的な……。

「くっ……近づけねえよ……！」

「柄を斬れ！　それで終わりだろ!?」

「無茶言わないでよ！」

連携は取れてない。ゴリリアーナさんの振るうモーニングスターの柄さえ斬ればそれで終わりだが、彼女もシルバーに見合わない膂力《りょりょく》の持ち主だ。モーニングスターを二刀使いしてあの動き。アイアン２だか３だか知らないが、そこらへんのガキじゃ近付くことも難しいだろうな。

「ゴリリアーナ先輩、容赦ないっスねぇ……」

「お、ライナの方は終わったか」

「はい、まぁ手伝いだけだったんで。……近接役の人の試験っていっつもあんな感じスよね」

「あんな感じって？」

「めっちゃ厳しくないスか」

「いや、あんなもんでいいんだよ。ゴリリアーナさんはちょうどよくやってるさ」

「あれでっスか？」

あれとは、今まさにゴリリアーナさんの横薙《よこな》ぎしたモーニングスターが一人を吹っ飛ばした感じのことかい？　あんなの普通だぜ。俺は技量重視で戦ってやるけどな。

「実際のサングレールの星球兵はみんなあんな感じで戦ってくるぞ。場合によってはもっと野蛮に振り回すし、なんか聖句《せいく》を叫びながら捨て身で特攻してくる奴もいる」

「めっちゃ怖い奴じゃないっスか！」

「怖いぞー、信仰に篤《あつ》い奴は特にな」

そういう奴ほど重要な戦線にぶち込まれるからなおのこと厄介《やっかい》だ。

別に必死に戦って死んだら来世で楽しくやれる、なんて教義でもなかったはずなんだがなぁ……。

「ふぅーッ……終了、です。……今の模擬戦で柄を攻撃できた二名には加点しておきます……」

おっと、バーサーカーモードは終了か。

死屍累々《ししるいるい》って感じだな。模擬戦で良かったよほんと。戦場なら倒れてる奴は全員ミンチなんだからな。

「……モングレル先輩は戦争に巻き込まれたこと、あるんスよね。多分」

「おー、そりゃあるよ。シュトルーベというかそっちの方でな。ギルドの徴兵《ちょうへい》で戦場に行ったりもしたしな」

「マジっスか」

「ライナは北のドライデンの方の出身だから大人から話を聞くことも少なかったかもな。ほとんどの戦場は睨《にら》み合《あ》いで終わるんだけどよ。本格的にぶつかる場所に割り振られると地獄を見るぜ。特にシルバーで弓使いなら重用されるしな。これからランク上げる時は気を付けろよーライナ」

「……やっぱり怖いっスね、戦争は」

「ああ。人同士の殺し合いだからな。怖いよ」

何が怖いって、俺たちみたいな下々にとってはなんで攻められてるのかもわからないし、徴兵された時になんで攻めるのかもわからないってところなんだよな。

士気を上げるために指揮官はあることないこと言って発破をかけるんだが、どこまで本当なんだかわかったもんじゃない。

んで、そんなふわふわした理由に命をかけなきゃいけないわけだ。やってらんねえよ。

「よし！　俺は当てたぞ！　昇級と加点だ！」

「へへへ、俺たちは一足先に兵士になれるかもな！」

……まぁ。特に理由なんてものは必要とせず、ただ相手が敵だから殺すって考えで戦う奴がほとんどなんだけども。もちろん兵士として見込まれたい、軍に入りたいって奴も多い。

……そういう部分に温度差を感じるんだよなぁ。この世界というか、国には。

「……モングレル先輩は、サングレールと戦うの、嫌だったりするんスか」

「え？」

なんか遠慮がちに訊《き》かれたな。ああ、俺の人種がこんなだからか。

「嫌じゃないって言うと嘘《うそ》になるけど、別にサングレール人だからってわけじゃないぞ？俺は人との殺し合い自体が嫌なんだ。ほら、俺って人相手の任務は受けないだろ。そういう感じでな」

「あ、確かに。そうっスよね」

「ライナも嫌だろ？」

「嫌っスねぇ……あんま大きい声じゃ言えないスけど」

「そんなもんだよ、皆。ま、嫌だと言ったからって相手が攻めてこなくなるわけでもないから、備える必要はあるんだけどさ」

戦争は忌むべきもの、という意識は前世なら日本中に蔓延《まんえん》しているが、この国はそうでもない。非戦派にはむしろ風当たりが強いくらいだ。なかなかこういう話をする相手も少なくて困る。

「戦争、起きなきゃいいんスけどね……」

「だな」

ハルペリアとサングレールの戦争は散発的に繰り返されている。

第十四話　爆ぜていない種子

今は平和だが、これからどうなるかはわからない。種蒔《たねま》きしたばかりの今頃に戦争を仕掛けるってことはないと思いたいが……それも俺の希望でしかないしな。

ほんと戦争ってのは、下々の都合なんて何も考えちゃくれないものだ。

第十五話　やりがいのある悪い仕事

噂《うわさ》をすればなんとやらと言うし、フラグになるような事を言えばだいたい起こっちゃったりするものではあるんだが、幸いまだ戦争が起こる気配はない。セフセフ。

いやそうカジュアルにアホみたいな時期に戦争を起こされても困るしな。作付けしてから大侵攻とか、収穫の男手どうするんだよって話だ。いくら国のやることとはいえ、そんなことをすれば士気もガタ落ちするからほぼやることはない。絶対にやらないかというとそうとも言えないんだが。

そういう意味じゃ春は平和なもんである。人が増えて街中の事件の話も聞くし、小さな諍《いさか》いなんてしょっちゅうではあるが、そこらへんは衛兵さんがなんとかしてくれる。

街の外に関しては近頃はもうほとんど俺たちギルドマンの役目になりつつあるが、それでも移籍組や大勢の新人のおかげでどうにか仕事は回っている。

バロアの森の林道拡張整備事業に、レゴール外縁部拡張事業。両方とも人手の掛かる大事業だが、豊富な働き手がいる今ならまぁどうにかなるだろう。失業者はぶらぶらしてる暇もないぜ。何かと理由を付けて働きたくない人にとっちゃ厳しい街になってきたな！

第十五話　やりがいのある悪い仕事

「モングレル、任務のことで話があるからちょっと個室に来てもらえるかな」

ギルドの資料室で絵のヘタクソな魚図鑑を眺めていると、ギルド副長が声をかけてきた。

レゴール支部の副長ジェルトナさん。ほとんど貴族街で活動しているギルド長に代わり、ここレゴール支部のギルドで働いている男だ。

大体いつも疲れたような顔してる苦労人だが、最近は仕事が増えたせいで特にしんどそうにしている。

「任務ですか。……てかジェルトナさん大丈夫ですか。顔色あんま良くないですよ」

「案じてくれるのならシルバーに上がって色々手伝ってもらえると助かるよ……今回はそれに関係する話だよ。ここで話すことでもないから、移動しよう」

「……なんだか嫌な話になりそうだ」

「んー、こちらとしては配慮した話になる。ま、聞いてからということで」

副長が俺を名指しするのは珍しいな。

……面倒な話じゃなければいいんだが。これはもう祈るしかねえな。

「話というのは簡単だ。モングレル。まずは君のこれまでの功績とその実力に鑑《かんが》みて、ぜひともシルバーに昇格してもらいたい。試験はなくても良い」

「……この顔で俺の返事当ててみてください」

「受けてくれるのか、ありがとうモングレル」

「いやいやいや違う違う。嫌ですはい」

畜生、すげー嫌そうな変顔したのによ。

「そう、君は昇格を拒む。それは構わないんだ。こちらとしては思うところもあるが、ギルドの制度上違反でもなんでもないからね。変わり者だとは思うけど。……ただ、外圧というかね。君を評価する周りの目があることも理解してもらいたい」

「あー……一応何かにつけて周りに昇格イヤイヤ言ってますけど、足りないですか」

「一部のギルドマンからはやっぱりねぇ。あの人が上にいけないのはおかしいって言うわけだよ。私もそう思うしね」

「……俺の隠された力を見抜く連中がいたってことか。なかなかやるじゃねえの」

「いやモングレル、君別に隠してるわけでもないでしょうよ。時々ギルド前でも暴れてるんだから」

長年やってる奴《やつ》なら俺が昇格しないのは今更だと思ってるだろうし……新入りだろうな、違和感を持ってるのは。ひょっとするとあいつらかもしれないな、〝最果ての日差し〟のフランクとか。考えてみるとマジで言いそうな感じだ。

参ったなぁ～俺は力を隠して平穏に暮らしたいだけなんだけどなぁ～周りが放っておいてくれねえな～？？？？

……いやマジで隠さなきゃいけない力は隠してるんだが、これでもまだ駄目なのか。

良いじゃん身体強化くらい……。

「そこでだ。そんな昇格イヤイヤ期のモングレル君にちょっと悪い話をもってきた」

「悪い話って……良い話じゃねえのかよ……」

「任務のことで話があると言っただろう。悪い任務を君に斡旋《あっせん》したくてね。報酬も僅《わず》かで依頼人の質も最悪なやつだよ」

「ええ……」

なぁにその何の魅力もない求人募集……。

「まだ張り出していないというか、内々で握り潰す予定だった依頼でね。実際、依頼人の態度も予算も最悪だし、仕事の内容も無茶でね。毎回断っているのだがしつこくてうるさい相手なんだ」

「出禁にしろよそんなの」

「相手がとある没落貴族でね。爵位《しゃくい》は剝奪《はくだつ》されて人望も皆無、そしてまともに仕事を依頼する金もないという相手ではあるんだが、こちらもちょっとした事情があってそのバカ、もとい没落貴族を完全に無視することもできない」

没落貴族……権力も人望も金もない、か。ただの傍迷惑《はためいわく》な一般人みたいなもんだな。

それでも没落貴族とはいえ元貴族。無下《むげ》にできない事情もあるんだろう。……ちょっと調べたら特定できそうだな。調べたくないけど。

「依頼内容はシルバーウルフの美しい毛皮一枚の入手。これは依頼人の要望で傷一つない美しいものでなければならず、またシルバーウルフ特有の背中の黒い縦線がない個体を探せとのお達しだ。あ、ちなみに依頼主が提示した報酬額はこれね」

「……これ笑うところ？　ケタが二つほど足りてないように見えるぜ？」

ツッコミどころが多すぎて俺をして何と言ったら良いのか困るレベルなんだが。

何より副長さんの差し出した紙に書かれた額が一番のギャグポイントかもしれない。

「そもそもモングレル、君はシルバーウルフを単独で倒せるかい。君がランク関係なく強いことはこちらもわかっているが……」

「……まぁ、倒せるは倒せるけど。傷一つないは無理でしょ。どう頑張ってもズタズタになりますよ」

シルバーウルフ。小さめの熊くらいはあるかなーっていうサイズの狼《おおかみ》で、白銀に輝く毛皮が特徴的な魔物だ。群れることはなく単独行動を好み、その美麗な毛並みや凜々《りり》しい顔立ちに反してあんまり頭がよろしくなく、メチャクチャ泥臭い狩りや戦いをするアホ犬だ。

特筆すべきはその生命力と凶暴性で、ちょっとやそっと斬りつけたり殴り飛ばしただけでは怯《ひる》まないし逃げもしない。最終的に殺し切ってみれば美しい毛皮は見る影もなくなっていることが多い。というか、美しい毛皮なんてかぐや姫の無茶振りレベルの珍品である。そもそもエンカウントした時点でそいつの毛皮がわりとダメージ受けてることも多い。

「……倒せるのか。すごいな」

「いや倒せますよ？　倒せますけども俺にだって無理だよそんな、シルバーウルフの毛皮の美品なんて」

「そうか……」

副長はお茶を啜《すす》り、一息ついた。

……え？　このクソみたいな仕事を受けないからってクビとかそういう流れは流石《さすが》にないよね？

「この仕事を見事に達成すれば……達成感が得られるんだがねぇ」

「……いや達成感って……」

「なにせ、失敗すれば多くの貢献度《こうけんど》を失う危ない仕事だ。仮に君が使い物にならないようなボロボロの毛皮を持って帰ってきたとすれば……我々としてもその仕事に報いねばならないので、最終的には司法の手も借りて依頼主には強引に売りつけることになるだろう。だが、依頼主の癇癪《かんしゃく》を鎮めるためにも君の評価を大きく落とさねばならなくなる。きっとシルバーへの昇格も遠のいてしまうだろう」

……ほぉ。

「ま、そうなればこちらも無理難題を吹っかけたお詫《わ》びとして『苦労しただけの正当な報酬を金銭で』支払うことにはなるだろうが……重ねて言うけど、シルバーへの昇格は遠のいてしまう。それは確かだ。とても危ない仕事だが……どうだい、モングレル。それでもこの仕事にはやりがいがあり、相応の達成感もあると思うが……？」

ギルドに粘着《ねんちゃく》して無茶振りするケチでやかましい没落貴族。そいつを理由つけてさっさと追い払いたいギルド。昇格したくない俺。

……この依頼、三方ヨシ！

「達成感……良いですねぇ。欲しいですよ、達成感」

「だろう？　どうだい、受けてみてくれるかい」

「ええ。シルバーウルフの毛皮を持ってくれれば良いんですね？　状態はズタズタになってもいいから……」

「ははは、何を言ってるんだいモングレル。美品じゃないといけないと言ったばかりだろう？」

「はっはっは！」

なるほど確かにこれは悪い仕事だ。だが嫌いな仕事じゃない。ちまちまと小物を退治するよりも面白そうだしな。個人的には没落貴族を黙らせることができるってのが嬉《うれ》しいね。

「実はシルバーウルフの目撃情報が入っていてね。それもあって君に声をかけたんだ。場所はモーリナ村近くの小山だ。家畜の被害は出ていないが、急がないとドライデン支部の方に討伐《とうばつ》依頼が飛ぶかもしれない。動くなら急いだ方が良い」

「善は急げってやつですね。ちょっと距離はあるけど喜んで行かせてもらいましょう」

「ついでに馬車の相乗り証をつけてあげよう。なるべく早く向こうで仕事をしたいだろう？」

「あざーっす」

シルバーウルフか。良いねぇ。肉も毛皮もクソな魔物って印象しかなかったけど、まさかそのクソみたいな毛皮を有効活用できるとはな。

ちょこまかと逃げない魔物だし、戦うの自体は楽で好きなんだよな。

「では、武運を祈っているよ。モングレル」

「任せてくれ、副長。必ずや美しい毛皮を手に入れてみせましょう」

「ははは」

こうして俺の、ちょっとした大きめの任務が決定した。

目指すはモーリナ村付近の小山。あとは適当に騒ぎ散らしてりゃ向こうから勝手に襲いかかってくるだろ。そういう魔物だ。

久々に俺のバスタードソードが火を吹くぜ……！

第十六話　壮絶なダメージラグマット

標的はシルバーウルフ一匹。場所はモーリナ村付近の小山。

それだけなら普通のシルバー向け任務ってところだが、ここに勘違いした貴族へのおちょくりが加わっていると考えると実質報酬十倍増しってところだな。しかもこの任務を雑にクリアするだけで俺の昇格を抑制できるってんだから最高だね。副長もよくこんな仕事を見つけてくれたもんだ。もっと貧乏くじみたいな仕事があるなら流すよう言ってみようかな。当然、俺の身の安全が保てる範囲でだが。

「ああ、シルバーウルフね。遠吠《とおぼ》えが聞こえるもんだからこっちはヒヤヒヤしっぱなしだよ。まだ家畜も襲われちゃいないが、何考えてるかわからん魔物だしな。いつこっちに来てもおかしくはない……不安な日が続いてたところだよ」

馬車でモーリナ村にやってきた俺は、顔役のおっさんに聞き込みした。ギルドの証書があるので話の通りは早い。向こうもシルバーウルフの気配にはやきもきしていたようで、俺の到着を歓迎してくれている様子だった。

「そりゃ辛《つれ》ぇでしょ。任せといてくれ、俺がサッと行ってサクッと討伐《とうばつ》してきてやる」

「ありがたい。……あんた、一人かい？」

「なに、問題ねえさ。シルバーウルフを駆除するのは今回が初めてでもないからな」

「経験者か……だったら信じよう」

「終わったら証人になってもらって良いかい？　毛皮をまるごともってくるから、そいつを証としてサインがほしいんだが」

「あの忌々しい狼《おおかみ》を殺してもらえるならいくらでも書いてやる。頼んだぞ」

「おうおう、行ってくるわ」

モーリナ村は酪農《らくのう》が盛んだ。家畜を狙いかねないシルバーウルフの存在は目の上のデカいタンコブだったことだろう。俺としても乳製品が品薄になられると困るからな。是非とも被害ゼロで解決したいところだ。

ああ、そうだ。任務が片付いたら帰り際にスモークチーズでも買って帰るかねぇ。土産《みやげ》用に少し多めに買い込んでおくか。

既に帰る時のことを思い浮かべながら、俺は小山目指して歩いていった。


モーリナ村付近のなだらかな小山にはススキが群生している。山というよりはちょっと急な丘といったところだろう。木々も多いが、同じくらいたくさんのススキが伸び、そよ風の中で揺れていた。このススキは一年中生い茂っている上、高さは四メートル近くもある。穂がある時は確かにススキっぽい見た目をしているのだが、いかんせん馬鹿デカいもんだからちょっと風情がない。前に聞いた話ではこのススキが草食家畜の良い飼料《しりょう》になるのだという。なるほど、これだけたくさんそこら中に生えていれば畜産には困らないだろうな。

「ここをキャンプ地とする」

小川近くの平坦《へいたん》な地面に荷物を降ろし、俺は早速野営の支度をした。

迎え撃つのはここだ。ここでシルバーウルフをぶっ殺し、ついでに解体も一緒に済ませる。どうせ皮を剝がなきゃいけないんだし、その作業で最低でも一泊は必要で、腰を据えることになるからな。

相手はわざわざこっちから探すような魔物ではない。せいぜい奴《やつ》の縄張りで挑発しまくり、さっさとお迎えにきてもらうつもりだ。

川辺の丸い大きな石を組んでかまどにし、火を焚く。盛大にはやらない。ちょっと炎が出る程度のものだ。そこに持ってきた干《ほ》し肉《にく》を幾つか放り込んで燃やす。

「ほーれ焼肉の匂いだ。生肉の方が良かったかな？　まぁ鼻は利くし気付きはするだろ」

そうしている間にも少し離れた場所に一人用のテントを組み、ロープを枝で打ち付けて固定する。このロープももっと軽くて頑丈《がんじょう》な素材で作りたいな。……いや、高級素材を使うと留守中に誰かに盗まれやすくなるか？　別に重さで不便は感じてないからそのままでもいいか……。

【第十六話　壮絶なダメージラグマット】

まぁそんなことはいい。それより今日の任務だ。

「シルバーウルフの毛皮、無傷！　無茶言いやがって……いかにも高慢な貴族って感じの依頼だな」

断言するが、俺は今回シルバーウルフの毛皮を美品で納入するつもりは一切ない。

やろうと思えばできるかもしれんけど絶対にやらん。

「なんかやっちゃいました？」なんて絶対にやらん。仮にやったとしてもその後わざとメチャクチャに傷つけて納品してやるからな、覚悟しろよ。

毛皮として扱われるかもしれないけど他の店は絶対に買い取らないようなギリギリのラインを攻めて、ズタボロに仕上げてやるつもりだ。

そのために今回の装備を確認する。まずバスタードソード。これは鉄板だな。こいつがあればだいたいなんとかなる。図体《ずうたい》のでかいシルバーウルフの大まかな解体作業もこいつに任せるぜ。細かいとこはソードブレイカーにやってもらうけど。

「あとはこいつだな」

今回特別に持ってきたのは、以前貴族のブリジットと一緒に冬の森を探索した時にも使った小盾だ。そこまで盾は好きじゃないんだが、今回は馬鹿みたいにじゃれついてくるシルバーウルフが相手なので持ってきた。これで殴りつけると結構効くしね。

「あとは弓剣も持ってきてはいるが……矢が当たるかなー……でも矢傷ってことにしてメタメタに傷つけてえからなぁ……まぁこれは討伐終わってからわざと打ち込むようにする

のでもいいか……」

装備品をまとめていると、テントの外で音がした。

ガラガラと川石が崩れる音。……なんかでかいのが来た音だな。

「おいおい、まさかシルバーウルフいますかっていねーか、はは」

「ハッハッハッ」

「いたわ」

さすがに設営中には来ねーだろと高《たか》を括《くく》っていたが、来たわ。灰色に近い銀の毛並み。背中に走る一本の淡い黒線。なによりちょっとしたクマほどはあろう巨体。

そんな恐ろしい風貌《ふうぼう》の狼が……俺の設営した石製かまどに頭を突っ込んで、時々キャンキャン言いながら肉を食おうと必死になっている。

「……おい！　なに俺がボロボロにする前から顔面焦がしまくってんだよ！　俺の楽しみを奪ってるんじゃねえ！」

「ハッハッハッ？」

薪《まき》ストーブを持ってこなくて正解だったわ。持ってきてたら速攻でこいつにぶっ壊されてただろうな。

馬鹿すぎて狼として群れる社会性を失った残念狼。当然暴れまくるもんだから家畜化なんてできず、無傷な毛皮を養殖する方法も存在しない。その反面、身体は頑丈なもんだから厄介《やっかい》なことこの上ない魔物だ。バカ正直に真正面からやり合う場合の推奨討伐人数は近接シルバー五人以上と言われているが……。

「今回は俺が一人で相手してやる。来いよ駄犬。お前に躾《しつけ》が通じるかどうか、再検証してやる」

「ゥルルルッ」

俺はバスタードソードを右手で構えながら、左手に持った干し肉を勢いよくかじってみせた。

「ガウッ！」

するとシルバーウルフは「それは俺のだぞ！」とでも言いたげに咆哮《ほうこう》し、俺の真正面から飛びかかってきた。お前のじゃねえし。

「オラァ！　力尽くパリィ！」

「キャンッ」

力尽くパリィ。それは相手の攻撃に合わせてそれを上回る力で強引に盾で殴りつけることによって吹っ飛ばすパリィである。弾くのではなく押し返す。単純にパワーで上回っていれば相手の体勢を崩せるから便利だぞ。

「毛皮は一塊《ひとかたまり》にしなきゃだから両断はしねぇ……だから突く！」

「ガァッ」

川の中に転がったシルバーウルフに追い打ちをかけるようにして飛び込み、肩を突く。浅いな。

「ガァアッ」

「おっと⁉　あぶねえな！」

前足の攻撃を避け、バスタードソードを振り上げて斬る。刃に裂かれた銀の毛がはらはらと舞い、川面に浮かぶ。良いダメージだ。どんどんお前の毛皮から商品価値が落ちてるぞ！

「相手をいたぶる趣味はないんだが、万一誰かに見られてるってこともあるからな！　まぁ許せ！」

「ガアアアッ！」

シルバーウルフの攻撃を回り込むようにして避けつつ、脚に切り傷を加えていく。

まずやるべきは相手の旋回性能を奪うこと。こちらの小回りの良さを引き上げ、相手の方向転換に出血を強いる。

本当は背中に切り込んで目立つ部分の毛をバッサリやりたいんだが、そこはまだ隙が少ない。しばらくは正攻法でやらなきゃ俺でもしんどいな。噛《か》まれたりのしかかられたりすると面倒だ。コイツの唾液で装備を汚されたくない。

「死にたくなきゃ逃げてくれよ！　そうしたら一息でトドメを刺してやる！」

「ガウッ！　グァアアアッ！」

「いやお前……ほんと逃げねえよなっ！」

避けては斬りつけ、避けては突いて。何度も何度も傷つけては小川にぶっ飛ばして出血

を強いているはずなのに、システムで動くモンスターかなにかのように、こっちへのヘイトをむき出しにしたまま襲いかかってくる。

爪も幾つか折ったし、シールドバッシュで牙も砕《くだ》いてるんだが……マジなんなんだこいつ。本当に死ぬまで殺意全開できやがるのな。正直ここまで愚直にモンスターしてくる相手って他にスケルトンとか謎系統の魔物くらいしか思い浮かばねえぞ。獣カテゴリのお前が採用して良い戦闘スタイルじゃねえだろ。

「それでも、血を失えば動きは鈍るか」

「ウルルルル……！」

殺意は変わらずとも、動きは精彩を欠いている。もはやトドメを刺すだけの状態だ。

……これ以上傷つけるのは酷ってもんだろう。魔物とはいえ、そろそろ決着をつけてやるか。

「明るいうちに皮剝ぎを終わらせたいんだ。俺のエゴのために死んでくれ」

「ッ！」

一気に地を蹴り、シルバーウルフの頭上を取る。

当然、シルバーウルフは上体を起こして対処を試みる。あわよくば爪で、牙で対抗するために。

だがそれが上手《うま》くいくのは、お前が万全の状態だった場合の話だ。

「南無阿弥陀仏《なむあみだぶつ》」

【第十六話　壮絶なダメージラグマット】

「ギッ……！」

緩慢に上げられた頭部を空中から剣で叩《たた》き割《わ》り、その中身を深くまで傷つける。

嫌な感触だ。

「っと」

俺はそのままシルバーウルフの背中に着地して……そこは既に、命あるものとしてのある種の「固さ」を失っていた。重々しい音と共に巨体が沈む。白銀の毛皮から感じる体温は激しい戦闘で上昇し、火傷しそうなほどだ。……この熱も次第に失われることだろう。

「……討伐完了。次はもうちょっと、賢い奴に生まれ変われると……いや、エゴか。これも」

空がぼんやりと暗くなってきた。……解体して皮を剝いだら、真っ暗だな。とんでもなくスムーズな遭遇だったが、どの道ここで泊まることにはなっちまったか。

まぁいい。……ここからはシルバーウルフとしてではなく、一枚の毛皮だと思って仕事をしていこう。

殺した生き物を死体蹴りするようで気は進まないが、仕事なんだから仕方ない。ダメージラグマットを作っちゃうぞぉ。

「オラッ！　貴族！　転売禁止！　でもお前は買え！　買った上で後悔しろ！」

その日、俺は横たわるシルバーウルフの毛皮を芸術的に傷つけ、時に刺し、時に斬り、時に弓の的にしてエンジョイした。

翌日ちゃんと解体し、脂《あぶら》を削《そ》ぎ落《お》としたシルバーウルフの毛皮は……外側は死闘の痕跡《こんせき》が見える悲惨《ひさん》な状態で、内側も内側でシールドバッシュによる内出血が色移りする残念な仕上がりになってくれた。サイズも平凡だし黒線も入ってるし、メチャクチャ穴空いてるし傷入ってるし血が滲《にじ》んでるし……俺なら絶対に買わねえなこんな毛皮。でも普通に闘ってるとこんなもんである。ましてあのケチな報酬額なら妥当どころか贅沢《ぜいたく》なまであるぜ。

「よし、じゃあさっさと帰って報酬貰《もら》うか。あ、忘れずにスモークチーズ買っていかないとな」

結果的にはほとんど待つことなく戦えたし、最善の結果だったと言ってもいいだろう。色々と剣を使った動きの確認もできたし、練習相手としては申し分なかった。

しかし激闘の跡が残るズタボロの毛皮をモーリナ村の顔役に見せた時、あまりに壮絶そうな戦いっぷりを感じさせる状態に俺の身体を心配されてしまった。申し訳ない。俺は強いので大丈夫です。

第十七話　包帯男の帰還

任務は達成した。人に話すような内容の任務でもないので、帰り道は極々あっさりとしたものだ。適当にソロで任務に出て、適当に終わらせてきた。そんだけ。

とはいえシルバーウルフをソロで討伐《とうばつ》するのがちょっとやりすぎだってことは、さすがの俺もわかっている。推奨討伐人数はシルバー五人。つまり標準的なシルバー五人で囲んでリンチにして安全に倒せるってことだが、それは一人の死闘でどうにかなるものではないはずだ。

だからまぁ色々と罠《わな》を仕掛けて手こずりながらも……どうにか倒した。そんなオーラを出して帰還しなきゃいけないわけで。

というわけでやることは簡単だ。ひとまず腕とか脚とか……額とか……なんかそんなところに包帯を巻いておけば良いってことよ。

「モングレル？　どうしたんだその怪我《けが》」

「あー、これ？　ちょっと任務でな」

が、考えが甘かったかもしれない。

「モングレルどうしたそれ！　怪我なんて珍しいな！」

「まぁうん。普通に討伐でこうなったわ」

「はー……お前がか……まぁソロじゃあな……」

さっさとレゴールのギルドで報告しようってのに、道行く知り合いが声をかけてくる。

いや考えてみれば俺ってほとんど怪我をしてこなかったし当然の反応かもしれん。

それまでほぼほぼ無傷で任務を達成してた男が、何故《なぜ》か包帯まみれで帰ってきたらこうもなるか。いかんな。ちょっとダメージを主張しすぎたかもしれん。

てか、これ説明どうすりゃいいんだ。なんて言おう。実は伊達《だて》包帯ですとは言えねえしな……。ファッションで怪我人《けがにん》アピールとかめっちゃ白い目で見られるだろ。厨二病《ちゅうにびょう》を名乗るには倍以上歳いってるぞ俺。

……さっさと副長のいるとこまで行って報告しよう。あの人はいつもギルドにいるから昼間でも会えるはず……。

「ういーっす」

「あ、モングレル先輩……って、どうしたんスか、それ」

「……えっ？　モングレルさん？　うわっ……すごい怪我……」

あっ。ライナとウルリカだ。うわー知り合いに見られた。やっべ、恥ずかしいなこれ。

「おー、二人とも今日は仕事じゃないのか」

「そりゃ……まぁ……そうスけど……それよりその怪我、なんなんスか」

「あーこれ？　これはまぁ任務で少しな」

「少しって……全然そんな怪我には見えないスけど……」

右腕と左足と額に巻いてるけど、この中で唯一怪我してるのがススキの葉っぱで切り傷を負った右腕だけなんだよな。帰り際にススキで遊ぼうとしたら普通にスパッと切れて痛かった。皮の表面切れた感じ。

「あの、モングレルさん……その怪我大丈夫？　任務って何を……？」

「いやーまぁ、討伐をな。今は報告だから、じゃあな」

二人を振り切って、いつもより少しだけ心配そうな顔をしたミレーヌさんに証書を渡した。一応話の一部分は伝わっていたのか、副長の部屋へそのまま行っても良いということなのでさっさと退散させてもらうわ。

俺こういう嘘《うそ》が下手だわ、多分。ボロ出さないうちに逃げちまおう。

「モングレル先輩っ！」

あーあー聞こえない。ごめんライナ。思わせぶりなアレでもなんでもなくマジのガチでなんでもないからこれ……。もう二度とやらないから、うん……。

「……なるほど、確かにシルバーウルフの皮だね」

「悪いね、鞣《なめ》す前で」

「いや、生皮をくれといったのはこちらの方だ。……うん、状態も……『どうにか売れる』レベルだろう。よくやってくれた、モングレル。しかし……その怪我は」

「あー、まぁちょっとね。いや、副長に隠しても意味はないか」

俺は足と額の包帯を外し、無傷な生身を見せた。

「腕のは？」

「ああ、こっちは少し……シルバーウルフと戦って切っちゃったからな。これは本物ってことで」

「……まさか本当に、単独かつほぼ無傷で討伐するとは。無駄な問いかけだと思うがモングレル、シルバーに上がってみないかな？」

「お断りです」

「まぁそうだろうな。……よくやってくれた。おかげで先方の依頼を達成することができるよ」

皮を手にし、副長はご満悦《まんえつ》そうだった。ズタボロ具合も良かったらしい。次似たような仕事があれば言ってくれよな。毛皮をボロボロにするテクニックならこの街で一番かもしれねえから俺。

「例の没落貴族にはこの毛皮を売りつける。……向こうは度々舐《な》めた依頼を出してきていたんだがね、今回の依頼は代理人に頼んだせいか、文言に甘い部分があってね。こういった、通常なら捨てるような毛皮でも買い取りしなければならないような内容だったんだ。

これは攻め時だと思ったよ」

「あー……それ俺が聞いても良い話？」

「なに、今や潰れた商会が残した少ない資産をやりくりするだけの……没落貴族の話さ。未《いま》だに昔の贅沢《ぜいたく》を忘れられない、時代の流れに取り残された哀れな連中だよ。連中には君の名前も出さないから安心すると良い。ただ評価を下げたことを伝えておくばかりさ」

商会、没落貴族、と聞くと候補は絞れる。頭の中でヒットする奴《やつ》らがいた。

先代の伯爵《はくしゃく》の息子……その妻や近い連中ってところか。……ハギアリ商会、まだこの街にいたんだなぁ。そっちの方が驚きかもしれん。

「これの納品は確かに確認した……が、モングレル。君の評価は少し落とさなければならない。それはわかるね？　こんな酷《ひど》い状態の毛皮ではギルドマンの沽券《こけん》に関《かか》わってしまうよ。解体作業の心得を一度最初から学び直すべきだ」

「ウィーッス」

「態度が悪いなぁー君ぃー、それじゃもっと厳しく減点しないといけなくなるよぉー。これはもうシルバーは夢のまた夢だなぁー」

「サッセッシタァーッ」

「とはいえ、今回の任務内容はこちらとしても同情できる部分がある。傷の治療費分のポーション、討伐任務相応の現金報酬を付けさせてもらおう。これは今回が特別だからね？　モングレル」

「アザーッス」

「ははは」

いやー助かる助かる。

シルバーも遠のいて金も貰《もら》える。これほど良い任務はなかなかないぜ。

「副長、次も似たような任務があれば紹介してくださいよ。俺の身の安全を保つことができる範囲でなら、変な任務でも受けますんで」

「……こちらとしては昇格してもらいたいんだがねぇ。ま、わかったよ。また君に向いてそうな任務があれば呼び出させてもらう。その時は頼むね」

そういう流れで、俺の悪い仕事は無事に終わったのだった。

怪我も実質切り傷だけだしポーションもいらないんだけど、まぁ貰っておくとしよう。何かと便利だし、いざとなれば売れるしなコレ。


「あ、モングレル先輩」

「……あっ、包帯取れてるー」

「よお二人とも。ポーション貰ったおかげでな」

全く使ってないしでまかせでしかなかったが、ライナとウルリカにはそう言っておく他ない。あまり怪我のフリが長引いても演技するこっちの方が辛くなるしな。

「大丈夫なんスか？　モングレル先輩が怪我だなんて初めてっスけど」

第十七話　包帯男の帰還

「俺だってそりゃ怪我する時はするさ。シルバーウルフ相手だしな」

「うわっ……えー、モングレルさん、シルバーウルフを一人で……？　そりゃ危ないって……」

「やれないことはないぜ？　予《あらかじ》め石を固めて罠を作ったし、火も利用したし、肉を撒《ま》いて囮《おとり》にもしたしな。頭の悪い魔物だからちょっと工夫するだけで簡単さ」

「はー……シルバーウルフを一人でって……すごいっスね……私には絶対無理っス」

「真似《まね》すんなよ？」

「絶対やらないっス。……モングレル先輩も一人はよくないっスよ……本当に……」

真似したらすぐ死ぬからなこれは。俺だって身体強化がこうじゃなかったらシルバーウルフなんて絶対に敵に回したくねえもん。

矢なんて目玉か口の中に射って当たりどころが良くなきゃ仕留めきれないんじゃないか。

「そうだ、二人にお土産《みやげ》渡しておこうかな。ほれ、モーリナ村のスモークチーズだ」

「おーっ……先輩あざっス。モーリナのチーズは味が良いんスよねぇ」

「えっ、私にもくれるのー？」

「たくさん買ってきたからな。配り終わったらプレゼント終了だ。食っとけ食っとけ」

「……えへへ、ありがとうねーモングレルさん。やっぱりモングレルさんは優しいなー」

「俺はハルペリア一優しい男だからな。……ところで二人は今日何を？」

「あ、私たちは他のブロンズ以下の弓使いへの指導協力っス。私はウルリカ先輩のお手伝いスけどね」

指導か。そんなのもあったな、ギルドでやってる初心者向けの実技教習みたいなの。

わずかな金で受けられる戦術訓練というか稽古というか。

「弓使いの育成は〝アルテミス〟の生命線でもあるからさー。お金はあまり貰えないけど、無視はできない仕事なんだよねー、これも。ま、シーナ団長の受け売りだけどさ」

「なるほどねえ、後進の育成も大事ってわけだ」

「私たちはもっと人が増えても大丈夫スからね」

スモークチーズを食べながらライナがどこか得意げにしている。

まぁあの大きなクランハウスならもうちょっと入居者増やせそうだもんな。

新入りの弓使いがもっと増えるといいな、〝アルテミス〟も。

「しかしウルリカが指導してんのか……そういや俺はウルリカが弓で獲物射ってるの見たことないかもしれないな」

「あれっ？　そうだったかな……？　あー、ないかもね」

「ウルリカ先輩の弓は凄《すご》いっスよ！　強烈っス！」

「へー、ちょっと見てみたいな」

他のパーティーの弓使いの技は何度か見ているけど、ライナが事あるごとに持ち上げるウルリカの弓術だ。そこらの奴らとは一線を画す腕前なんだろうとは思うが。

「あー、えっと……じゃあモングレルさん、今度一緒に森行ってさ、見てみる……？　私の……」

「お、良いな。合同任務ってわけじゃないかもしれないが、見せてもらえるなら見せてほしいな」

「一見の価値ありっスよ。モングレル先輩の弓の扱いもちょっとは良くなるかもしれないっスね」

いや俺のモチベーションにどう影響するかは知らんけどね。今回の任務で俺、矢を一本壊しちゃったし。また買わなきゃ駄目だわ。

「そっか、私の弓見せちゃうかぁー……よし、任せて！　私の弓を見せて……あとは、ほら……モングレルさんの弓もちょっとだけ、色々と……指導してあげるから」

弓の練習自体はそこまで気が進まねー……とは言い出しづらい空気になっちまったぜ。

でも教えてもらうのに金が必要なレベルの相手ではある……ありがたくこの機会を活用させてもらうことにしよう。

第十八話 弱点看破《ウィークサーチ》と強射《ハードショット》

ウルリカの弓の腕前を見せてもらうことになった。ついでに俺の弓についても色々教えてもらえるそうなのでありがたい。既にライナからもたくさん教えてもらってはいるから基礎知識は十分にあると思うんだけどな。セカンドオピニオンってわけじゃないが、別の人から教わるのも刺激になるかもしれん。それにウルリカはまたライナとは別のスキルを持ってるようだし、それを見てみるのも悪くないはずだ。

他人のスキルをまじまじと見られる機会なんてソロだとないからなぁ。しかも弓なんてほぼ知らんし。せっかくだし参考にしてみるか。

「いやー、合同任務ありがとねっ、モングレルさん」

「構わねえよ。遠距離役がいるとこっちとしては楽だしな。ま、ちょくちょく弓の練習しつつ任務もこなしていこうか」

「はーい。じゃ、行こっかー」

俺は今日、ウルリカと一緒にバロアの森の北部にやって来ている。

第十八話　弱点看破《ウイークサーチ》と強射《ハードショット》

近頃はイビルフライの出没報告もあって足を運ぶギルドマンも少ない。それを狙ったわけではないんだろうが、森北部からの魔物の影が濃くなってきているそうなのだ。

なので今回は、自由狩猟が許可されている魔物を適当に間引く討伐《とうばつ》任務を受けることにした。本来であれば弓使いってのは小物系を対象に討伐するもんなんだが……。

「私は大物でも狙える弓使いだからねー。ボアでもディアでも、とにかく色々狙っていこうよ。前衛はモングレルさんに任せるからさっ」

「おー。盾役は任せてくれ。俺がいる限りウルリカの方には一匹も通さねえからな」

「あはは、頼りになるぅー」

ウルリカは弓使いスキルの強撃系を持っている。強撃系があればバロアの森にいる魔物の大半は一発で仕留められるだろう。そういうものだ。ライナとの狩猟では鳥獣をメインに狩ったが、ウルリカと一緒の時は大物を狙うことにしよう。

「ね、ね。ライナと一緒の時は一緒のテントで寝たんでしょ？」

「まぁな。あいつマントで寝ようとしたんだぜ。寒いだろーこの時期でも」

「あはは。でもそんなもんじゃない？　いざという時サッと起き上がれるしさー……モングレルさん、今日もそのテントってやつ持ってきてたり？」

「まあな。ライナの時と同じやつを持ってきたよ。快適だぞー、俺と一緒の野営は」

「へぇー……ちょっと楽しみだなー」

ウルリカはシルバー2。ここまで高ランクになるとライナのように過保護にされることもない。俺と一緒に討伐にいくという話があってもスムーズにいったようだ。

まぁこいつ見た目はともかく男だしな。〝アルテミス〟だって箱入り娘みたいな扱いをしないのは当然ではあるが。

「こっちの足跡は古いねー。もっと奥の方が良さそうかなー」

「ウルリカも足跡とかわかるのか。すげぇな」

「そりゃわかるよー、慣れだけど。土を見ればモングレルさんでもわかりやすいんじゃない？」

いや土見たって俺ほとんどわかんねえよ。霜《しも》の降りた土を踏んだ痕跡《こんせき》ならわかるけど、この時期の足跡なんてさっぱりだわ。チャージディアの糞《くそ》の古さもわからんしな。

「あとはそうだなー、葉っぱの形とか見ると良いかも。不自然に折れたり割れてる葉っぱとか、そういうのもヒントになるね」

「ほうほう」

しばらくウルリカの後ろを歩き、斥候的《せっこうてき》な技能の指導を受ける。

……動きはしっかり狩人《かりうど》してるのに、こいつは任務の時でもスカート穿《は》いてるのな。まぁこの世界の連中はファッションを優先する意識が高めだから、浮いてるってほどではないけども。

「な、なに？　どうしたの、モングレルさん……」

「ああ、考え事してたわ」

男のケツ見ながらぼーっと考え事をしてたとは口が裂けても言えない。

「……ほら、早くこっち行こーよ。そろそろ水場だしさ。その辺りを拠点にして動こう」

「よし、ベース設営か。さっさと終わらせて狩りにいくぜ」

「弓の練習もねー？」

「はい」

「あははは」


拠点に定めた場所は川沿いの砂地だ。砂浜のような細かな砂のある川辺で、丸っこい石もそこらにゴロゴロと転がっている。酷《ひど》く増水すればここも危ないのかもしれないが、今の時期なら問題はないだろう。何より、砂地にマントを敷くだけでも寝心地《ねごこち》は素晴らしいものになってくれる。低反発マット……とまではいかないが、なんとなーく全身にフィットする寝心地になってくれるのだ。そこに焚《た》き火《び》が近くにあれば、粗末《そまつ》な宿のベッドよりも何倍も寝心地が良い。

「おっ、出たー。ライナが話してたよー。その煙突」

「良いだろ？　野営の時はいつもこれ組んでるんだ」

「あはは、外で煙突なんておかしー」

「悪いもんじゃないぞ？　煙くならないし、火の粉も飛んでこないしな。まぁ設営も撤収も面倒臭いけど」

石を組んでかまどを作り、専用の鉄板を乗せ、そこにある円形の穴に煙突を差し込む。これだけでＯＫだ。まぁ細かい隙間を土とか泥で塞ぐ必要はあるんだが、荷物の嵩《かさ》と引き換えにってとこだしな。難しいとこだ。煙突の上部についているリングに紐《ひも》を結び、地面に打ち付けて倒れないようにすれば完成だ。

あとは簡易テントをざっと設営して、罠《わな》張って、魔物除《よ》けの香を焚《た》いて終わり。

ね？　簡単でしょう？

「わー……随分と大荷物を持ってきてたんだねぇ……モングレルさん……」

「衣食住の食住を優先してるからな。快適な野営じゃないと我慢できねえんだ」

「……モングレルさんって結構潔癖なとこあるよねー？」

「まー、それは否めないな。綺麗《きれい》好《ず》きと言ってほしいところだけどよ」

「あはは、ごめんなさーい」

多分俺はこの世界で一番の綺麗好きだ。それに共感してもらおうとは思っていないが、こういう場所では好きにさせてほしいというのが本音だ。

「私も綺麗好きだから嬉《うれ》しいよー。たまに合同で他のパーティーと組むと不潔な人たちも多いからさー……」

「ああ、それはキツいな」

「その点モングレルさんは全然臭くないよね」

「まぁ世界一の綺麗好きだからよ俺は。そうでなくとも、衛生観念の合わない奴《やつ》と一緒に寝泊まりするのは厳しいからな……俺もきったねえ奴とは無理だわ」

「〝アルテミス〟向きだね」

「おいおい勧誘するには早いぞ」

「えー、そうー？」

ウルリカが立ち上がり、矢筒から矢を一本取り出した。

「それじゃ、話してばかりもなんだしさ。そろそろ行きましょっか」

「だな。ウルリカの華麗な弓さばきを見せてもらうとしようかね」

「えー……まーいいけどねっ。ライナほど正確には射てないけど、シルバーランクの弓を見せてあげる。ついてきて？」

俺も自前の弓剣を背中に預け、揺れる淡紅色《たんこうしょく》のショートポニーを追いかけた。


「ここまで深部だとさすがにいるねぇー」

「クレイジーボアだな」

しばらく黙々と歩いていると、湿っぽい泥が広がる森の中に一匹の魔物を発見できた。

中型のクレイジーボアだ。泥に身体を擦《こす》りつけている。泥浴びというのかなんなのか知らんが、リラックスしている時の仕草なのは間違いないだろう。

ただ問題は、あの泥まみれになった姿だとちょっと頑丈《がんじょう》になることだよな。

重いし解体作業で服は汚れるし、正直あまり手出ししたくない状態だ。

「絶好の距離だ。狙うよ」

「おいおい、あの泥の鎧《よろい》は結構厄介《やっかい》じゃないのか？」

「平気平気。私にはこういう時のためのスキルがあるからさ」

ウルリカはそう囁《ささや》くと、矢を弓に番《つが》えた。

よく見るとライナの扱っていた物よりも随分と大きな弓。こうして比較するとウルリカの体格はやっぱり男なんだなと思う。

「〝弱点看破《ウィークサーチ》〟」

ウルリカの青い目に桃色の淡い光が灯《とも》り、スキルが発動する。

「このスキルを使った状態で生き物を見た時、相手の弱点がわかるようになるの。条件が色々絞れるから便利なんだよねー。足を止めたいとか、とにかく息の根を止めたいとか……最初に手に入れたスキルがこれで本当に良かったよ」

さすがに話しすぎたか、クレイジーボアがこちらの気配に気付いた。興奮した鼻息を噴き出し、沼田場《ぬたば》を何度か前足でひっかくと、すぐさまこちらへ突進を始める。

このままだと危ないな。バスタードソードを構えておこう。まぁ、その必要はないかもしれんけど。

「……もしもこっちのスキルを先に習得してたら、私は弓の扱いが下手っぴになってたかもね。──〝強射《ハードショット》〟」

ウルリカが矢を放ち、風が吹き抜けた。

矢を放ったとは思えないような硬質な弦の音。そして周囲の風を巻き込むような、明らかに速度のおかしい矢の疾走。スキルによる遠距離攻撃だ。

「ブモッ……」

それはスピードの乗ったクレイジーボアの左肩を穿《うが》ち、あろうことか勢いづいた獣の身体をも後方へと吹っ飛ばしてしまった。

薪割《まきわ》りのような音と共に奇妙な回転をしながら吹き飛んだクレイジーボアは、そのまま沼地を転がった。しばらく身を捩《よじ》るように暴れていたが、立ち上がる気配はない。これでも生きているあたり相変わらず生命力の強い魔物だが、逆に言えば身を捩るくらいしかできない程のダメージを負っているということだ。放っておいても立ち上がることはないし、数分もせずに死に至るだろう。

「ね？　適当に当ててもなんとかなっちゃうの。これに慣れたら駄目だよねぇ」

「……いや。つっえーな、弓の強撃系スキル。クレイジーボアの突進を撥ね返すとかマジでやべえな」

「えへへ、でしょでしょ？　まぁ威力高いのは良いけど、矢の方が駄目になっちゃうんだよね。ちょっともったいないんだー、これ」

「でもこれ、ライナのスキルみたいに照準を調整したりはできないんだろ？　当てたのはあくまで自分の実力だってんなら、俺からしてみれば相当凄《すご》いけどな」

「……んー、そう？　そう思っちゃう？」

「思っちゃうけど」

「へへ、まだまだですねぇーモングレルさん」

「そらまだまだよ。初心者だもの」

俺も魔力を限界まで込めればウルリカみたいな攻撃……いや絶対できないな。やめた方がいい。一度似たような事して弦で指先怪我《けが》したからな……。

「じゃ、解体したら更に獲物を探してみよっか。今度はモングレルさんの指導もやってくからねー」

「おう……いや、一撃で仕留められる気がしねえよ俺」

「あはは、慣れだよ慣れ。相手の弱点は教えてあげるから、そこ狙ってやってみよー。運が良ければ仕留められるよ！」

「マジかぁー？」

「いけるってー、ひとまずやってみよう！」

それから俺はウルリカ指導の下、弓で挑むべきではない相手に矢を放つという、そこそこ珍しい経験をさせてもらえたのだった。まぁ、俺が仕留められた獲物は一匹もいねえけど。全部最終的にはウルリカが仕留めきったけど。

第十九話　男だらけの野営大会

「いやーモングレルさんいて助かったよー。普段ゴリリアーナさんがいない時は内臓もほとんどその場で捨てちゃうことが多いからさぁー」

「それはもったいねえな。クレイジーボアはうめーのに」

「スキルの威力があっても荷物運びの力があるわけじゃないからねぇー……」

ウルリカが仕留めたクレイジーボアは二匹。一匹は最初に見つけた泥遊び中の奴《やつ》で、もう一匹はその後、弓の練習中に見つけた小ぶりな個体だった。こっちの小ぶりな奴はウルリカも強撃系スキルを使わずに仕留めていたな。なんでも〝強射《ハードショット》〟は魔力の減りが大きすぎるし、慣れると良くないのだそうな。確かに弱点を狙う必要もないくらいの大威力だったし、スキルに甘えすぎると後々痛い目を見そうだもんな。次に生えるスキルにも良くない影響が出そうだし。

「おー、解体も手際良いもんだな」

「慣れてるからねー。ほら、うちって畜産やってたから。小さい頃から解体作業だけは結構やらされてたんだー」

小川の流れにクレイジーボアの一部を晒《さら》しつつ、脂肪の分厚い皮に手際よく刃を入れていく。俺は吊《つ》るさないとまともに解体作業できないから、手際良い人のこういうのは曲芸に見えてくるな。

「あ、肝臓はこうして切り込み入れて水に晒すと良いよー。血を抜いておくと美味《おい》しいんだー」

「ほほー。知らなかった」

「うちのやり方だから好みだとは思うけどねー。モングレルさん、残滓《ざんし》捨てるのやってもらって良い？」

「もちろんそのくらいのことはやるさ。じゃあ解体は任せちゃって良いかね」

「じゃ、分担しよっ」

クレイジーボアの使わない内臓類は全《すべ》て地中深くに埋めて捨てる。

これは掘り返されて食われないようにするのが主な理由だ。深い土の中で腐らせておけば諸々の面倒事も起こらないからな。しかしこの深く掘るって作業がこの世界においてはかなりの大仕事だ。小型のスコップを持ち歩いてる人なんてほとんどいねーからな。慣れている狩人《かりうど》でも残滓を適当に捨てている人は多い。そうせざるを得ない状況ではあるんだけども。

「いやー……二人なのに獲《と》りすぎちゃったなぁ。一日で二匹も仕留められるとは思わなかったよ。モングレルさんいなかったら往復して運ぶことになってたかもね。えへへ」

「食肉を運ぶだけならまだいけるぜ。明日も含めもっと仕留めても良いんだぜ？」

「いやー卸《おろ》す先に困っちゃうからねぇ。ほどほどが良いよぉ」

クレイジーボアの肉はチャージディアよりも高く売れる。毛皮はブラシとかそこらへんの利用ばかりで重さほどの価値もないのだが、上質な脂《あぶら》の乗った肉は街でも結構な人気だ。そのまま焼いて食うだけでも美味い肉は原始的な世界ではより好まれるらしい。

今回ウルリカが仕留めた二匹の脚肉や肋肉《ばらにく》などが主な換金アイテムとなるだろう。とても今夜だけじゃ食いきれるはずもない。帰りは天秤棒《てんびんぼう》に吊るしてプラプラさせることになりそうだ。

「でもやっぱりあれだねっ。モングレルさんみたいな近接役がいてくれると安心するよ。二匹目の小型のボアも、モングレルさんが押さえてくれてたから落ち着いて射てたしさー」

「普段俺が一人でやってることだしな。時間稼ぐだけならいつもより楽でいいや」

「えへへ。私たち……わりと相性良いのかもねー」

タンク役に徹するだけっていうのは返り血のことを気にしなくて良いから素晴らしいね。

ウルリカなら誤射する心配もないだろうし。

「じゃ、今回はウルリカ先生への感謝も込めて、俺が肉を調理させていただきますんで……」

「やった。えへへ、お願いしまーす」
今回のクレイジーボアははっきり言って策を弄《ろう》する必要がある食材ではない。
焼くだけで美味い肉は焼いて食うのが一番だからだ。こういう時、俺は塩派の皮を被っ
てタレ派に石を投げ始める。
クレイジーボアの肉の部位で何よりも美味いのは、なんといっても舌《タン》だろう。顎《あご》を外し
てザクザクと切り出すと、デロンと想定以上に大きな肉塊が出てくる。こいつを程よい厚
さに切って焼くと美味いんだよな。
あとは欠かせないのがレバーとハツ。レバーはタレがないことが悔やまれる……まぁ焼
いて塩をかけるだけでも美味いんだけどさ。今回はレバーをクレイジーボアの脂で揚げて
しまおうと思う。こうするとタレがなくても比較的美味しくいただけるんだ。ハツに関し
ては多くを語ることもないだろう。焼いて塩かければ優勝だ。
あと肉らしい肉を食いたいなーとなったら、背ロースから優先して食う感じかな。美味
いのも確かにあるけど、解体した後の肉は持ち運びもめんどいしさっさと片付けたいとい
う気持ちもある。
「あー、いい香り。……〝アルテミス〟でもたまに野営はするけど、なんだかこういう豪
快に焼いていくのって新鮮かも」
「そうか？　普通に焼いてるだけだけどな」
「うーん、なんかねー、一つ一つ大きい？」

「あ、ちとサイズでかかったか。もっと細かくするか？」

「ううん平気平気。こうやってガブッて齧《かじ》りつくの、私結構好きだから」

まだ空は明るい。解体作業も全ては終わってなかったが、少し遅めの昼食ってことで先にモツ系をいただくことにした。今日はもう拠点を動かない感じだな。こういうキャンプ的なまったりした過ごし方も嫌いじゃないぜ。酒がないことだけが悔やまれるが……。

「まぁこの鉄板の上に乗せておけばな、脂を入れた鍋も良い感じにグツグツになるし、隣で肉も焼けるし、良いもんだぞ」

「おーっ……良いねぇーこれ！　使いやすそー」

「ただの鉄板だからな。洗う時は川辺でガシガシやれば良いから適当に使える」

解体中に削《そ》ぎ落《お》とした脂を小鍋に入れつつ、切ったレバーに小麦をまぶして入れていく。パチパチと音を立てて揚がっていくレバー。実に罪な香りだ。

「んーっ！　美味しいっ！　なんかこう、濃厚で……」

「だろー？　良いよな肝臓は。栄養もあるし身体に良いから……」

そんな話をしていると、少し離れた茂みで音が聞こえた。

「……」

俺も反応したが、ウルリカの方が早かった。

さっきまでレバーにご満悦《まんえつ》だった表情をすっと引き締め、背中の弓を取り出し構える。

それまでのタイムラグがほとんどない。やっぱ慣れてるわ。

「……あ、ダートハイドスネークだ……」

「なんだ蛇だったか……ああ、あの茂みの。こっちを狙ってるわけじゃないし無視しても良いんじゃないか？」

「……ううん、私狙う。仕留めるよ。見てて……」

蛇肉も悪くはないが、それを上回るボア肉が今大量にあるからなぁ……という俺の贅沢《ぜいたく》な悩みはさておいて、ウルリカはほとんど迷うことなく矢を放った。

スキルもなく放たれた矢は太身のダートハイドスネークの胴体中央に突き刺さり、その痛みによってか矢に絡みつくように暴れまわる。捕まったアナゴを思わせる暴れっぷりだ。

「トドメは任せておけ。ほいっと」

「ありがとーモングレルさん」

あとは首を落として終了だ。……それでもまだ身体部分がビチビチと暴れ回るんだからすげー生命力だよ。なんとなく生きてる時よりも気色悪い。こいつはこのまま尻尾《しっぽ》から吊るして放血だな。大した血液量でもないだろうが……。

「……ねね、モングレルさん。せっかくだし、蛇も食べちゃおーよ」

「おー、まぁこういうあっさりした肉も食っておくか……しかし短い間にすげー量が獲れたもんだな。脚なんか一口も食ってる暇なさそうだぞ」

「私が食べきれなかったらモングレルさん食べてね？」

「おいおい、そこは言い出しっぺが責任持って食うもんだろ」

「あははは。良いじゃんお願いー」

とにかく今日は肉天国だ。ひたすら焼いて食いまくるぞ。


タンを食って、レバー揚げを食って、ハツを食って。それに飽きてきたら蛇肉を齧って。申し訳程度に野草を素揚げして摘んだりするも、ほとんど肉食の晩飯となっている。俺たちのこの食事風景を菜食主義者が見たら全身から血を吹き出して死ぬかもしれんな。

「私の出身はドライデンの奥の方の村でさー、うちは解体業もやってたんだよねー。私の最初のスキルが手に入ったのも、多分その頃の経験があったからなんじゃないかなーって思ってるんだ。ほら、解体する時ってやっぱり苦しくないように早く仕留めなきゃいけないからさ。……このスキルのおかげで猟に出られるようになったし、人生ってわかんないもんだよねー」

日も落ちて暗くなった頃、ウルリカが手の中の矢を揺らしながら語っている。

「……その頃村にいた代官の人が結構な変態でさー。村にいる小さな男の子を強引に……なんていうか、自分のものにしちゃうような人でさー。今は捕まったって聞いたけど……うちの親はその代官に目をつけられたくなくて、私を女として育ててたんだよねー」

「へえ、そうだったのか。……しかしひでえ役人もいたもんだな」

「ねー。聞いた話だと私以外にも同じような育てられ方してた子は多かったみたい。その頃はまだ私も小さかったけど、なんだか気持ち悪い人だったなぁー……」

少年趣味っていうのかね。まぁどの時代にもいるというか……むしろ昔の方がやたら目につくんだよな、こういうのって……。

「まぁでも私はこういう格好するの好きだし、お姉《ね》ちゃんも可愛《かわい》がってくれたからさっ。昔からちっとも嫌ではなかったんだよね。お店とか行っても男の子よりも金額まけてもらえるしねー。あはは」

「悪いやつだなぁ」

「にひひ。……そういうこともあって、今じゃこういう振る舞いも板についちゃったってわけ」

「なるほどな。ウルリカも苦労してそうな人生歩んできたんだなぁ」

「そりゃしてますよー。十八歳ですからー」

「若い若い」

「モングレルさんっていくつだっけ？」

「俺は二十九。だけど夏に三十になるな……」

「あはは、モングレルおじさんだ」

「だな、三十はもう言い訳のできないおじさんだわ……」

最近こう、脂のとろけるようなボアの肉よりもあっさりした蛇肉とかの方が美味しく感じる瞬間も増えてきたしな……歳ってのはつれえわ。ダートハイドスネークおいちい……

ウルリカはボア肉ばっかり食ってやがる。胃袋が若々しすぎる。

「でもモングレルさんも全然若く見えるよ」

「あー、老け顔じゃないのは両親に感謝だな。これがいつまで保つか……」

「……ご両親のこと、覚えてる？」

「そりゃもちろん覚えてるさ。……ああ、死んでるけど遠慮はしなくていいぞ。両親とはいえ、悠久の時を生きるおじさんにとってはもう遠い思い出話だからな」

細かい骨だらけになったダートハイドスネークの残滓を焚《た》き火《び》に放り込む。

「ウルリカには以前も話したか。俺のいた開拓村じゃとにかく金がなくてな……とにかく子供でもなんでも、働けるようなら働かせる。そんな村だったんだ。……まぁ五歳にできる仕事なんて畑の雑草を抜いたり、小石を一箇所にまとめておいたりとか、そんなんばっかりだったが」

「忙しかったんだね、開拓村って……」

「俺はその時から働き者だったけどな。家のちょっとした修理もやったり、小道具の直しもやった。今から思い返しても手のかからないガキだっただろうな」

そりゃ生まれて少ししたら現代人の自我が芽生えてきたんだ。手なんてほとんどかからないガキだったことだろう。

まぁ俺からしたら未知の言語習得で必死だったけども。忙しそうな両親の手をわずらわせることのない良い子だったのは間違いない。

「それまではろくに誕生日……というか誕生祭か。そういうのを祝われることもなかったんだけどな。六歳になって一番近くの街に連れていってもらった時に、武器屋の表に出てた籠《かご》に入った安売りの剣に一目惚《ひとめぼ》れしてよ。それをプレゼントしてもらったのが初めてかな。あれは嬉《うれ》しかったな」

「あはは、モングレルさんは六歳からもう剣士だったんだね」

「そうだぜ？　まぁその中で一番短い剣を選んだんだけどな。結局その時はまだまだ長すぎるもんだから、背が伸びてからのお楽しみってことになったわけだ」

俺は手製の革鞘《かわざや》からバスタードソードを取り出し、焚き火で刀身を照らした。

「……もしかして、それが？」

「ああ。安売りの剣だけどな、俺の中ではなんていうか……このくらいの長さが『剣』って感じがして好きだったんだよ。それは今でも変わらない」

前世の記憶がある俺にとって、この世界のロングソードはちょっとばかし長すぎる。

その点バスタードソードは丁度いい。小さい頃でも身体強化してれば難なく使えたしな。今でも変わらず俺の相棒だ。

「……思い出の武器だったんだね。モングレルさんの」

「まぁな。……っと、そろそろ寝る支度しようぜ。腹もいっぱいだし、眠くなってきたわ」

「うん……そうしよっか」

寝る前に魔物に肉を取られないよう保護し、肉の匂いに釣られてこないよう魔物除《よ》けを気持ち多めに焚《た》いておく。あとは三角テントでぐっすり……と思ったんだが。

「……なんか言いたそうな顔してるなウルリカ」

「あれー、わかる……？」

「……ライナに聞いただろ。いやわかったよ、良いよ別にお前も中で寝ても。奥の方な？

ギリギリ二人ならいけるし」

「やった！　ありがとモングレルさん！」

ライナもそうだけどテント好きすぎだろ……。

いや、この中は雨風防げるし結構暖かいから気持ちはすげえわかるけどさ……。

「男二人で並んで寝て何が楽しいんだか……」

「んー……私は結構こういうの……好きだよ？」

「ウルリカ、お前いびきうるさかったら叩《たた》き出《だ》すからな」

「あはは、怖ーい。……寝相はちょっと良くないかもしれないけど、それは少しくらいは許してね……？」

「殴ったり蹴ったりしなきゃな」

こうして俺は薪《まき》ストーブから漏れる火を眺めつつ、男と横並びで寝ることになった。

……まぁむさ苦しい奴じゃないだけ良いな。ウルリカじゃなかったら外で寝かしてるところだ。

「……モングレルさん、大丈夫？　身体とか暑くない……？」

「別に暑くはねえよ。さっさと寝よう」

「はーい……」

その夜はお香も効いたのか、近くを魔物が通ることもなく済んだ。

ウルリカの寝相は前フリがあったわりに大したことはなかったが、起きたらウルリカが腕にしがみつきかけていたので引っ剝がしておいた。男のくせにちょっと良い匂いさせるんじゃない。

第二十話　罠の狩人

翌朝は明るくなってからすぐに撤収作業を始めた。

荷造りして肉を運んで、帰り際に獲物がいればそれも仕留めてってところだな。

「モングレルさん、それは何してるの？」

「天秤棒《てんびんぼう》だよ。適当な細木を切って、両端に溝を作る。んで中央には肩当て用の窪《くぼ》みも作っておく。するとこの棒で、荷物を吊《つ》るせるわけだ。溝の位置を調整すれば重さの違う荷物でも運べるから便利だぞ」

「あー、そうなってるんだこれ」

「見たことないか？」

「街でたまーに？　深く考えたことはなかったよー」

天秤棒というと時代劇とかで野菜とか売ってる人を思い浮かべる人が多いかもな。

でも世界的に色々な国で発明された道具で、別にアジア限定ってわけでもないんだぜ。

こいつの長所は血の滴《したた》る獲物を吊るしてても服に触らないから汚れずに済むってところだ。適当に獲物を吊るして血抜きしながら歩けるのはなかなか便利なんだよな。

第二十話　罠の狩人

俺は討伐《とうばつ》とかで帰る際に荷物が増えた時なんかはよくこういう天秤棒を作っている。手軽に現地で作れるからな。要らなくなったら適当に売っぱらうなり燃やすなりすればいいからお手軽な道具だ。

「ごめんねー、結局全部持たせちゃって……帰りも弓の練習したかったのに……」

「良いのさ、俺の本分は剣士だしな。荷物持ちといざという時の接近戦に備えとかなきゃシーナに怒られちまう」

「あはは、シーナ団長怒ると怖いからねー」

「普通にしてる時ですらなんか目が怒ってるもんな」

「それ言ったらもっと怒るからやめなよー？」

「言わない言わない、酒の席以外では」

帰りは拠点を探す必要もないので真《ま》っ直《す》ぐレゴールの街に向かって歩く。道中ではウルリカが樹上の鳥をバスッと射ち落とし、その度に俺の天秤棒に追加することになった。重くはないけど滴る血が足元に垂れないかどうかだけが気になる。

「あ、モングレルさんここちょっと良い？　結構良い感じの通り道だから、これ埋めさせてほしいんだ」

「これって？　なんだそりゃ、石？　いや鉄鉱石か？」

「ううん、スラグ。鍛冶屋《かじや》で時々欠片《かけら》を貰《もら》うんだー」

「そんなのどうするんだよ」

スラグというと、製鉄で出る不純物の塊《かたまり》だ。石と金属が交じったような質感をしている。俺の知る限り、使い道はほとんどないんだが……。

「こうやって土に埋めておくとね、魔物が金属の匂いを警戒するんだよ。特に鼻の利くクレイジーボアなんかは鋭くてねー」

「まぁ長く生きてる奴《やつ》なんかは剣も鏃《やじり》も危ないもんだって理解してるかもしれないが。その匂いのするスラグを埋めると何かいい事あるのか？」

「罠《わな》に掛かりやすくなるんだよー。ほら、くくり罠って金属の部品があるでしょ？　あの匂いって結構わかるみたいでさー。普通に仕掛けるとクレイジーボアなんか器用に避けちゃうんだよねー」

「金属の匂いなんてわかるもんなのか」

「みたいだよー？　だからって金具がないと強度に不安があるしねー。こうやって匂いに慣れさせて……別の日に罠にかける！　って感じかなー」

「はー……気長なもんだなぁ罠ってのは」

「罠なんてひたすら準備、準備だよー。でもおかげで少ない労力で大物を仕留められるからねー。これも準備の一環、ってね」

最後にスラグを埋めた土をブーツで踏みしめて、ウルリカは笑った。

「ちょっとずつ匂いを覚えさせて、慣れさせて……気の緩んだところでガシッて捕まえるの。……こういうのも狩人《かりうど》の知恵だよ？　モングレルさん」

「すげぇなぁ、狩人は」

ライナも相当に博識だったけど、ウルリカはさすがその先輩と言うべきか、色々と濃密な知識を持っているのだった。

……けど弓の教え方についてはライナの方が上手《うま》かったな！

ウルリカの弓はなんか感覚的なアドバイスが多くてわからん部分が多いわ。感覚派っていうのかね、こういうのを。


肉はウルリカと分け合い、とはいえ仕留めたのは全てウルリカだったので向こうが多めの配分でまとまった。今回の俺は設営と解体の手伝い、あとは荷物持ちって感じだったな。近接なんてそんな役割ではあるけども、なんとなく一匹も仕留められなかったのは消化不良なところがあるな。せめて弓で一匹でも仕留められていればな……。

「ウルリカ先輩、おかえりなさい。あ、モングレル先輩も。……大猟っスね！」

「おう、ウルリカ送るついでに肉も運んで来たぜ。すごかったよ、ウルリカの弓」

「っスよね。尊敬するっス」

「えー？　もうやめてよー、二人してさー」

クランハウスで肉を渡し、ここでウルリカとはお別れだ。

実りの多い野営で良かったわ。こういうことがあると毎度毎度、現代知識無双なんてそう簡単にできるもんじゃねーなと思わされるわ。

「じゃあまた機会があったら弓のこと教えてくれよ。酒奢《おご》るからよ」

「うっス！　だったらこっちもちゃんと工夫して教えなきゃだめっスね！」

「じゃあねー、モングレルさん。また一緒にやろうねー」

こうして俺の野営は終わったのだった。

……あとは肉を適当なとこに売っぱらわないとな。冷蔵庫がないとこういうところが辛いぜ。

◆

「……あー、やっぱりお風呂は良いなぁー……」

夜になると、ナスターシャさんの沸かしてくれたお風呂で一日の汚れを落とすのが日課になってしまった。

ああ、私は昨日モングレルさんと野営したから二日分の汚れになっちゃうのか。

……モングレルさんが入れないのに、私だけ入れちゃうのは少し罪悪感。かといって入浴をやめたくはないけどね。今日はもう誰も入らない最後のお湯だ。おかげでゆっくりと浸《つ》かれちゃう。サイコーだねー……。

「……身体、ゴツゴツしてたなぁ……」

思い返すのは、天幕で一緒に寝た時の……モングレルさんのがっしりとした身体。

私も女の格好をして今までやってきたし、〝アルテミス〟に所属してからも男の人の身体なんてほとんど触ってこなかった。そういう意味ではモングレルさんは一番身近な男の人かもしれない。

ライナにとってもそれは同じで……うん。私もモングレルさんと出会った時はライナに近づく悪いやつだと思ってたけど、話してみればすぐに優しい人だってことはわかったし、今ではすっかりあの人の事を気に入っている。

弓の腕前はへっぽこだけど、料理は上手だし、色々と……私の知らなかったことも、詳しいし。

手も私と違って骨ばってたな……。

「んー……」

モングレルさん……もうすぐ三十歳って言ってたけど、全然そんな風には見えないな……。

他のギルドマンの人と比べたら清潔だし、親切だし……やらしい感じも全然ないし。

ライナ、大変だよ。あの人ちゃんと見てないと、誰かに取られちゃうよ。

急がないとほんと、誰かに……。

「っ……」

う、あ……駄目だ。これ以上湯船の中では……のぼせちゃう。

慌てて湯船から身体を起こすと、身体を伝ってお湯が流れ落ちてゆく。服で着飾っていないと平坦《へいたん》な身体を、前までは女の子っぽくなくてあまり好きになれなかったけど……。

最近はそれも良いかなって、思っている。

「……やっぱりこれ……モングレルさん、思い浮かべちゃうなぁー……」

今回の野営は良い成果だったから。また次も一緒に、行けたら良いなぁ……。

あ、だめだ。また、立《た》ち眩《くら》みしそう……。

第二十一話　鯨の髭と道具の改良

「お、なんか面白いもん売ってるな」

ある日、市場を歩いていると珍しい素材を発見した。

この世界にもあって利用されているとは聞いていたんだが、この内地のレゴールでお目にかかれるとは思っていなかったからなぁ……喜びより先に驚きが来るわ。

「なあおじさん、そいつは鯨の髭《ひげ》かい？」

「ああ、よくわかるな？　そうだよ。珍しいだろう」

今日は釣りに使う蜘蛛《くも》の糸を補充するためにやって来ただけだったが、魔物素材を売っている店の目立つ場所にそれはあった。茶色というか飴色《あめいろ》の艶のある素材で、木製のブーメランを中程で切ったような見た目をしている。サイズは一メートル近くあるんじゃないかな。この髭の持ち主がどれほどのサイズだったのか想像もつかない。

「ハルペリア最大の軍艦、大帆船《だいはんせん》スノウコーンによって仕留められた鯨さ。俺は詳しくないんでね、種類まではわからんが……このでっかい髭が口の中に入ってるってんだから不思議な生き物だよなぁ」

「大帆船で仕留めたのか。すげーな……キリタティス海にはこんな奴《やつ》がいるんだなぁ」

海は見たことがある。ハルペリアを南下していくと大港があり、そこでは連合国や……たまーに魔大陸と交易しているのだ。何度か護衛任務で遠征に行ったことがある。食い物はともかく、安宿の近くは治安が悪いからあまり楽しい街ではなかったが……。

「とんでもない大きさの魔物だが、一匹から採れる量はなんでも膨大なんだ。だからその髭ってやつも大して値の張るもんじゃない。近頃はレゴールにも流れてるんじゃないかね？」

「ほー。売れるかい？」

「いや、これが全くでね。頭骨や角なら見栄《みば》えも良いんだろうが、この髭ってやつじゃ魔物の剥製《はくせい》としても見応《みごた》えがないらしい。嵩張《かさば》るし重いしで、正直さっさと手放したかったんだ。買うなら安くしとくよ」

まぁ、確かに。知らないとぱっと見ただけじゃどんな素材なのかわからねえしな。ハンティングトロフィーとしてはいまいち人気が出ないのもわかる。

だが俺はこの素材の良い使い道を知ってるんだ。

「じゃあ、こいつを一枚買わせてもらおうかな。面白い話も聞けたしな。せっかくだ」

「……物好きだねえ。いやこちらとしては助かるんだが」

そういう流れで、俺は鯨の髭を手に入れたのだった。

「あ、そっちの牙も珍しいな。小物作るのに使えそうだからそれも幾つか買ってってい いかい？」

「毎度あり！　だが兄《にい》ちゃん、こいつは結構硬いよ？　そこらの職人じゃなかなか難しいって話だが……」

「大丈夫大丈夫、なんとかなるさ」

確かに普通の職人じゃ手の出ない素材かもしれないが、俺には馬鹿力があるからな。

よし、宿に戻って日曜大工といくかー。この世界に日曜日はないけども。


「さぁてぇ……今日はこの髭を使って優勝していくわぬぇ……」

ヌメッとした声で一人宣言し、俺は買い取った鯨の髭を宿の作業台に乗せた。

ただでさえごちゃごちゃしている俺の宿泊部屋だが、室内自体は複数人が泊まることを想定した大部屋なので結構広い。そこは俺の装備コレクション置き場でもあるが、作業部屋にもなっている。一見わからないように分解して置いてあるが、組み立てればちょっとした万力なんかも置けるような立派な作業台もある。

「……鯨の髭はプラスチックみたいだって聞いてたけど、想像してたよりそうでもないな。どっちかっていうと材質は牛の角とか鼈甲《べっこう》に近いか……？」

言うまでもなく、この世界にプラスチックはない。それらしいものと言えばイカの胴体に入ってる透明な骨みたいなやつくらいだが、アレだって当然プラスチックなはずもない、似てるけど。ともかく重要なのは、プラスチックに似た弾力性、撓《しな》りだ。

「お、切れる切れる。良いなこれ、素直な素材だ」

鯨の髭には木と同じで繊維方向があり、それに沿って刃物を突き立てれば割れるようだ。しかしノコギリを使えば割れずに滑らかに切断できるので、思っていたよりも自由度の高い加工ができそうである。

繊維に逆らわず切って、ひとまず板を作る。で、その板をさらに細く切り出して……鯨の髭の棒材が完成だ。あとはこれを円柱状に削《けず》って整えてやれば良い。

「……うん、この撓りだ。悪くねえな」

完成したのは釣《つ》り竿《ざお》の先端部分。指でぐっと先端に負荷をかけてやると、バネのような抵抗を感じつつも九十度ほど無理なく曲がってくれる。大物を釣る際はよく撓る竿でなければ糸に負担がかかるので、こういった素材が重要になるのだ。前世でも竿の先端部だけ鯨の髭を使用したものがあったはずである。

そう。これは俺の釣り竿をよりレベルアップさせるために必要な素材だったのだ。

「これ、竿以外にも色々使えそうだな……結構いい買い物だったかもしれん」

木はささくれ立つとそこから割れたりするが、鯨の髭はそこそこ融通が利く。削った場所を自由にできるというべきか、細工物に良さそうな材質だ。まさにプラスチックっぽい感じ。

加工はあっという間だった。まぁ元々そこまで難しい加工ではなかったしな。

あとはこれを、元々作っておいた木製の釣り竿に嚙《か》み合《あ》うようグッと潜影《せんえい》◯手《しゅ》して完成だ。

「……ふむ」

完成したニュー釣り竿。先端部分を鯨の髭で作った、この世界のマスト釣りアイテムだ。

「ちょっと試しに釣ってくるかぁ！」

新しい道具《ギア》を手に入れたら使わずにはいられない。それが男の子ってものだ。

「ちょっとモングレルさん！　さっきからゴリゴリ音させてうるさいよぉ！」

「はーいごめんなさい！　行ってきまーす！」


呆《あき》れた顔の門番から証書を受け取り、さっさと街の外に出る。任務でもなんでもない、明らかに〝釣り行ってくるぜ〟って格好だもんな。呆れる気持ちはわかる。でも作ったからには試してみたいじゃないですか。

いつものシルサリス川へ行き、橋の近くで竿を構える。今回は釣り針の先にそこらへんで取った川虫をつけた餌釣《えづ》りだ。ルアーはもうちょっと水深あるところでやらなきゃ駄目だな、うん。

「……うーん、撓りは……どうなんだろうな」

糸を垂らしていると、川の流れによって仕掛けが流され段々と下流側へと逸《そ》れていく。初心者だと何か掛かったと勘違いしてしまうかもしれない抵抗感だ。

「おー、まぁまぁ……」

試しにそのまま流されてみると、結構離れたところで竿先の鯨の髭にテンションが掛かるのがわかった。グンと引っ張られるけど、竿を立てていれば先だけが柔軟に曲がってくれるというか……よしよし、良い感じ。これだよこれ。

「あとはリールがなぁ……もっとジャカジャカ巻けるやつだと良いんだが……」

スルスルと糸が出るリールなんて加工は俺には無理だ。ドラグも再現できる気がしない。いや、ドラグだけなら自転車のブレーキみたいなもんをリールにつければそれだけで再現はできるか……？　釣り竿のリールにブレーキってなんだって話だが。

「お、おお……？　これは……」

竿を握ったまま暫《しば》し改良案で頭を悩ませていると、竿先がクンクンと撓った。

全てが木製じゃ感じづらかったかもしれない僅《わず》かなアタリだ。……焦らず、そのまま。辛抱していると……。

「いや来てるなこれ、来たわ、来たッ！」

ヒットだ！　よしよし来た！　釣れた釣れた！　甲殻類《こうかくるい》じゃないやつ来たぞコレ！

「うおおお……っていうほど引きは強くないなー……」

最初こそ竿先の鋭敏《えいびん》さもあって錯覚したが、多分小物だな。そのままリールをぐいぐい回し、ファイトと呼ぶにはこっちの一方的なゴリ押しで手繰《たぐ》り寄《よ》せていく。するとやがて水面にバシャバシャと小さな飛沫《しぶき》が上がり、それは難なく地上へと揚げられた。

「おー……ラストフィッシュか……」

釣り上げられたのは十五センチほどのラストフィッシュ。この国の川に広く分布する淡水魚だ。浅黒い皮に赤錆色《あかさびいろ》の鱗《うろこ》が特徴で、この姿が麦を侵《おか》す病気に似てることから結構不吉な奴扱いされている可哀想《かわいそう》な魚だ。しかしそんな見栄えの悪さに反して、問題なく食用にできる。ギルドの資料室にも書いてあったし間違いはない。俺も何度も食ってるが特に毒はないようだ。

「せっかくだし食うかな。そういや昼まだだったし」

ひとまずシメた後、腹を割いて内臓を取り出す。川の水で腹の中を一通り洗ったら、まぁ……あとは適当にそこらに落ちてる小枝に刺して丸焼きで良いか。

「塩持ってきて良かったわ」

皮や割いた腹の中に塩をよくすり込み、ついでにヒレの部分にもちょっと過剰なくらい塩をつける。……で、あとは枝に刺したこいつを火でじっくり炙《あぶ》れば完成だ。川沿いには真っ白になった流木が落ちているので燃料には困らない。小魚一本を焼くくらいなら何度か継ぎ足してやれば大丈夫だろう。

「……よし、あとはのんびり糸を垂らして待つだけだな」

石を組んで作った小さなかまどで燃える火と、一本だけの小魚の串焼き。

その横で俺は糸を垂らし、調理の間にさらにもう一匹が掛かるのを期待している。

なんとも暇で、無駄な時間だ。でも釣りはこういう時間こそが好きなんだ。何より既に一匹釣れているという心の余裕があるってのが良い。川に何かしらいるってわかってるのは大事なんだ。

「こねーなぁ」

まぁ、だからといって続けざまに釣れるとは限らないんですけどね！

「ほふほふ……おお、身がふっくらしてる。やっぱりうめぇな、新鮮な焼き魚」

結局この日はラストフィッシュを一匹だけ釣って終わりだった。釣果《ちょうか》としては渋すぎるが、竿の試運転で何かしら釣れたってだけでも上々だろう。次やる時はもっとしっかり魚のいる、ルアーも使えそうな釣り場でやりたいもんだね。

第二十二話　伐採準備作業の護衛

「モングレル、伐採の護衛任務手伝わねえか？」

ある日ギルドを訪れて早々、受付前にいたバルガーにそう誘われた。

「おー、行くわ」

二つ返事でＯＫを出した。ちょうどなんか適当な任務やりたかったし都合が良いぜ。

「……モングレルさん、一応任務を受ける前に詳しい条件を確認してもらえます？　こういうのも規則ですから」

「エレナは真面目《まじめ》だなぁ」

「そんなんじゃ嫁の貰《もら》い手《て》がねえぞー？　はっはっは」

「うるさいですね貴方《あなた》たち！」

「いや別に俺はそんな風に思ってないから……巻き込まんといて……」

もーんーぐーれーる、っと。サインよし。久々の合同任務だなー。

「モングレルさんはもうちょっと綺麗《きれい》に書いてくれます!?」

「怒ったテンションのまま普段は言わないようなことにまで突っかかってくるなよ……仕

方ないだろこういう字なんだから」

「ははは。こいつ文章はちゃんと書けるくせに文字がひでーからな」

「こっちも努力してわざと汚く書いてるんだぜ？　少しはそのあたりの苦労を汲《く》んでほしいもんだね。

「おー、随分と道が延びたなぁ」

「モングレルは最近この道通ってなかったのか？　雪解けから工事の勢いすごいぜ」

「最近じゃ北寄りが多かったんだよなー。目を離した隙にこんなことになってるとは思わなかったわ」

幌《ほろ》なし馬車にギルドマンたちと乗り込んで、シャルル街道からバロアの森の東に入っていく。

かつては森の近くで途切れていた轍《わだち》も、森に入ってちょっとした辺りにまで延伸《えんしん》されている。伐採作業も急ピッチで進められているとは聞いていたが、いやこれはなかなか驚くべきペースだわ。抜根作業も大変だろうに。

「建材不足、燃料不足、しかし国に金はある。とくればまぁ、こうなるんだろうなぁ。レゴール伯爵《はくしゃく》領がもっと金持ちだったら、森がまるごとなくなったりしてな！」

「ははは、それはそれで木材がなくて不便そうだ」

正直この街が製鉄に手を出せば全くありえないって話じゃないんだけどな。

第二十二話　伐採準備作業の護衛

木炭で何かの工場を動かそうってなった瞬間に森林資源は一瞬でハゲ上がる。バロア材は生育速度も速いし熱量もある最高の素材ではあるが……それでも人の需要の前では森林資源なんてか弱い獲物でしかない。どれほど魔物が多かろうと間違いなくハゲる。ハゲる時はハゲる。……そうなってほしくはないもんだな。

あとはあれだな。鉄道輸送が発明されてもハゲるだろうな。それはそれで物資の輸送が捗《はかど》るからハルペリア中が潤うんだろうが……。仮に俺が鉄道輸送を国に広めたとして、それがサングレールに漏れた後が問題だ。鉄資源が豊富で採掘業全振りみたいなあの国に鉄道輸送なんてものが伝わってみろ。多分ハルペリアは負けることになるだろうぜ。だから俺は鉄道に関しては一切漏らさないようにしている。たとえ一部であってもだ。

「おお、シルバーにブロンズの。こりゃ心強いね。俺らもなるべく一塊《ひとかたまり》になって動くつもりではあるんだが、分担作業ということもあって離れることも多い。その時に狙われると危ないから……くれぐれも、見捨てないよう頼んだぞ」

「おう、任せてくれ。俺は〝収穫の剣〟だし、こっちのモングレルもまぁ装備は貧弱そうだが腕は確かだ。安心してくれ」

「俺のバスタードソードを馬鹿にしたか？」

「それよりはお前の軽装が心配だよ俺は。形だけでも小盾持ってこいや。依頼人が不安がるだろうが」

「うるせえ、俺の本気はこいつがあれば良いんだよ」

「ははは……まぁ、守ってくれるならそれで良いんだ。任せたぞ」

今日の任務は伐採作業に従事する作業員の護衛だ。冬前に行った伐採は森の外側からガンガン木を切っていく質より量の作業だったが、今回のは質。それも切るべき樹木を選定して樹木に色紐《いろひも》を巻きつける作業員の護衛である。十分に育ったバロアの木を選定し色紐をつけ、後に伐採作業員がそれを切っていくって流れだな。

紐をくくりつけるだけの作業と聞くと簡単そうに感じるかもしれないが、この調査で踏み込む場所は、逆に言えばそんな風に人の手が入っていないポイントばかりなので、フィールドの環境は最悪と言って良いだろう。俺たちはあくまで護衛でしかないが、しょっちゅう剣を振るって藪《やぶ》を漕《こ》いだり枝を払ったりすることになる。

まぁ将来的にこうして枝打ちしたものが乾燥して薪《まき》になるのだから悪いことではないんだが……やってる方は結構しんどいわな。

「！　すまない、ゴブリンだ。頼めるか」

「ああ了解、任せてください。ゆっくり下がれます？」

「わかった」

視界の悪い森の中では、かち合う寸前まで魔物の存在に気付かないことがある。特に背の低いゴブリンなんかはちょっとした茂みの陰にいたりするから油断できない。何考えてるかわからん連中だからマジでびっくりする場所にいることもある。

「作業の邪魔になるのでお静かに願います、っと」

「ゲギャッゲギャッ……ギッ」

バスタードソードをレイピアのように突き出し、素早く目を一突き。

脳を貫かれたゴブリンは即死した。……うへぇ、脳漿《のうしょう》が……いいや、どうせきったねぇ鼻も切るし、ついでだ……。

「こっちでもゴブリンが出たぞー！」

鼻を削《そ》いでいるとバルガーの声が聞こえた。

「強敵だなー、加勢いるかー？」

「いらーん」

横目に見ると、バルガーは小盾を使うこともなく短槍でさっくりとゴブリンの心臓を貫いていた。リーチの長い槍さえあればまぁゴブリンなんか敵じゃないわな。

「助かるよ。こっちも荷物が多いし考えるべきこともあるしで、ゴブリンを相手にするのは億劫《おっくう》でね……」

「あー、だったら色紐いくつか預かってましょうか？　重くて大変だろうし」

「良いのかい？　それならこっちも大助かりだが……」

「俺は力だけはありますんで。任務中は遠慮なく使ってくれれば」

「じゃあ……言葉に甘えて、いくらか頼むよ。いやぁ助かる。俺も最近膝が辛くてね……」

この人も森を歩くことに関しては俺以上に慣れたプロなんだろうが、それでも歳《とし》による節々の痛みには勝てないらしい。いつの世も人類共通の悩みだよな。腰や膝の痛みっていうのは……。

「うっ……」

その後も何匹かのゴブリンと遭遇し、バルガーと一緒に軽く駆除した。

ついでに森の中に咲いていた待宵草《まつよいぐさ》の花弁をぴろぴろして遊んだり、使えそうな薬草を摘んでおく。なかなか人の手の入っていない場所に踏み入ることはないから、手のついていない野草が結構あるのが嬉《うれ》しいね。

「ん？　どうしました？」

「……イビルフライだ」

「マジっすか。うわ、ほんとだ」

木々の先には銀色に妖《あや》しく煌《きら》めくイビルフライがいた。

……風向きはひとまず大丈夫だが、こっちが見つかると向こうも羽ばたくかもしれん。

そうなると作業員のおっさんを鱗粉《りんぷん》に巻き込むことになるな。こんな深部で記憶が欠落したら帰り道にも困っちまう。何より俺はこれまで歩いてきたところを覚えてない。どうにか作業員を鱗粉に巻き込まずにイビルフライを仕留め、鱗粉の忘却効果を失活させたいところだ。

「バルガー」

「ああ。……そうだな、俺が仕留めることにしよう」

「良いのか？　というかヘマしないよな？　自信がないなら俺がやるぜ？」

バルガーと一緒に作戦会議。こういう時に信頼できる相手が一緒だと揉《も》めることがなくて良いな。変なパーティーが一緒だと、イビルフライってだけで何かと問題になるかもしれないから。

「いいや、俺がやるさ。今から鱗粉を浴びると……任務開始頃に記憶が遡る感じかね。まあ仕事内容は忘れてないし、大丈夫だろう。モングレルは二人の護衛を頼むぞ。あと俺の記憶が消えた後の事情説明頑張ってくれ」

「……それが面倒だから俺に任せてほしかったんだが」

「馬鹿野郎。こんな大事な仕事をお前に任せられるかよ」

バルガーはにやりと笑って俺の肩を小突くと、そのまま短槍を担いでイビルフライのもとへと近づいていった。

「さあ、その複眼を分けてもらうぞぉー」

イビルフライが外敵の接近に気づき、羽ばたいて鱗粉をばら撒《ま》く。

吸っても浴びても効果のある魔法の鱗粉を防ぐ術はない。この時点でバルガーの記憶が欠落することは確定した。

「そおれぃッ」

だがそんなものは本人も承知の上だ。さっさとイビルフライへと肉薄したバルガーは、鋭い槍先《やりさき》で柔らかな腹を切り裂いてみせた。

そのまま墜落した蝶《ちょう》にトドメを刺し、手早く複眼を切り抜いて終了。身体についた鱗粉を払うと、しばらくしてこっちへ戻ってくる。

「終わったぞー」

「お疲れ。逃さずに済んで良かったわ」

「そんなヘマしねえよ」

バルガーが笑いながら複眼を荷物袋へしまい込む。

……ここから少し時間が経《た》てば、自分の記憶は失われる。それはつまり、その時の自分の想《おも》いが失われるということだ。連続性の喪失とでも言うべきか。ある意味、死の体験に近いのかもしれない。

こういう時、未熟なパーティーだと言っちゃいけないことを言い合ったり、胸に秘めた思いを打ち明けたりしてしまうことがある。イビルフライによって仲間割れを起こすパターンは多分、そんな自棄《やけ》っぱちな心理状況が暴発してのものなんだろう。俺はそう考えている。

「よし、じゃあトレーニングするか！　フンッフンッ！」

「おいおいバルガー任務中だぞー」

「普段やりたくないキツいトレーニングをやるなら今しかないだろ！　そんでもって忘れたらトレーニング効果だけを受け取れるってわけだ！」

しかし慣れた連中はこうやって、普段やりたくないことをガーッとやってしまって時間を有効に活用しようとする。

ただ任務中に筋トレはどうかと思うんだわ。バテバテの状態で魔物と戦うつもりかよ。護衛やるんだぞ護衛。

「……ハッ⁉」

「あ、記憶飛んだ」

「気がついたらすげぇ疲れてる……これはつまり、イビルフライだな⁉」

「……バルガーお前、その習慣あまり良くないと思うぜ……」

しかし運が良いのかなんなのか、今日はこの後魔物に出会うこともなく任務が終了した。

ディアとかボアに出くわしいてもらちゃんと動けたんだろうなコイツって思いもしたが……そこらへんの悪運も含めてベテランの力なのかねぇ。いや違うか。

第二十三話　魔法の適性

日に日に気温が上がり、昼間は動くと汗をかくようになる。夏の到来を予感させる気候になってきた。冬は着込めばいいし、いざとなれば暖房もある。だが夏の暑さを防ぐにはエアコンくらいしか方法はない。それが現代日本の感覚だ。

この世界でもそれは当てはまるだろうが、幸い俺の暮らすレゴールでは大した暑さにはならない。熱中症になるのは熱い窯《かま》を相手にする仕事くらいのものだろう。

まぁ、それでも涼を取る方法は少ないからキツいっちゃキツいんだが。風呂も入れねぇしな。

そろそろ〝アルテミス〟の風呂に入る権利を行使する日も近いかもしれないのだが……うーん、もったいなくて使いたくないぜ。わかっていたことではあるんだが、暑い季節に一回だけ入って満足とはいかないべ？「今日入らないとマジで発狂する」ってコンディションの時に入りたいもんだが……うーむ……それに準ずる日が多すぎてな……。

「クランハウスに風呂か、実に良いね。ナスターシャが生み出した物の中で最も有益かもしれない」

「そう言われるのは複雑だが……まぁいい。サリーが装置を買うのであれば喜んで売ってやる。〝アルテミス〟よりもそちらの若木の方が上手《うま》く使えるだろう。昔のよしみだ、安くしておいてやる」

「それは助かるよ。僕らも越してきたばかりで色々と入り用でね。王都で引き払い作業をしている副団長が戻ってくれば少しは余裕もできるのだけど」

「風呂場は時間が掛かるぞ。着工は早い方がいい」

「だよね」

ギルドを訪れると、〝アルテミス〟の魔法使いナスターシャと〝若木の杖《つえ》〟の団長サリーが仲良く会話していた。いや、商談と呼ぶべきか。

それよりも内容がちょっと気になるな。

「二人とも楽しそうじゃねえか。風呂の話か？　俺も交ぜてよ」

「……モングレルか。別に楽しい話というわけではないが」

「やあモングレル。実は今、ナスターシャが開発したという湯沸かし器を買い取ろうという話をしていてね」

「買い取り……〝アルテミス〟のクランハウスから取り外すのか？　いや無理だろ」

「もちろん取り外しはしない。図面は私が持っているから、その通りに作らせて売るだけだ」

ああ良かった。夏前に〝アルテミス〟から風呂が消えたらどうしようかと。

「レゴールの共同浴場、何年も見ないうちに随分と汚くなったね。あれでは蒸し風呂の方がずっとマシだよ」

「ああ……共同浴場に行く人も増えたからだろうな。泥みたいな湯になってるだろ。身体を洗った気がしねーんだよな」

「そこで僕はナスターシャからクランハウスの風呂の話を聞いてね。拠点を整えるついでに、せっかくだし環境を整備しようと思ったのさ」

となると、サリーは本格的に〝若木の杖〟の拠点をここレゴールに決めたというわけか。

仕事仲間が増えるよ。やったね！

「いいなー風呂……なぁ二人とも。お前たちの風呂に入る権利を一回何百ジェリーかで売るつもりはないか？　良い商売になるぞ？」

「シーナに聞け。と言いたいが、断る。我々のクランハウスにはなるべく部外者に入ってほしくないのでな。何より汚いやつに来られたくない」

「僕のところもパーティーの構成上貴重品が多いからねぇ。あまり他人には入ってきてほしくないかな。あと、清潔さを求めて風呂場を構えるわけだからね。汚されたくないというのは僕もナスターシャに同意だよ」

ぐぬぬ……プチ銭湯を運営してくれたっていいだろうが……。

「そんなに入りたければ私たちのパーティーのどちらかに所属すれば良いだろうに。モン

第二十三話　魔法の適性

グレルよ、お前はこの前ソロで魔物に挑んで怪我《けが》をしたと聞いたぞ」

「モングレルが？　へえ、僕が見ない間に衰《おとろ》えたのかな」

「ばーかかすり傷だよ。俺はソロでやっていく。……それより二人とも、やけに親しそうじゃないか。知り合いだったのか？」

俺が訊《たず》ねると、ナスターシャとサリーは顔を見合わせた。別に口裏合わせて秘密にしようって雰囲気ではなさそうだ。

「……同じ魔法学園に通っていたが、私はその頃学徒の一人だった。サリーは先輩というべきか」

「僕は子育てがあったから現場仕事はせず、研究塔で働いていた時期だったかな。ナスターシャは僕の務めていた研究塔で学んでいた優秀な魔法使いの一人でね。それだけならば接点もなかったのだが」

「私もサリーも、同じ導師《どうし》から嫌われていた仲間でな。よく似たような雑用を回され、一緒になることが多かったのだ」

「へー、昔からの知り合いだったのかよ」

ていうか導師から嫌われてたって……何してたんだ二人とも。あれか、セクハラを許さなかったからか？　まぁそれがこの世界ではありがちではあるが。二人とも性格はともかく綺麗《きれい》どころではあるからな。

「まぁ、かといって当時はそこまで話す程の仲でもなかったのだがね。僕とナスターシャ

第二十三話　魔法の適性

がギルドに所属して、そこで再会してからかな。話すようになったのは」

「……昔の話をされるのは苦手だな。話を変えよう」

「すげえ正直な話題転換だな。いや別に良いけどよ。わざわざ聞かれたくないことは聞かねえよ。……すんませーん、エール３つー」

　割高ではあるが人数分のエールを注文した。どうせもうこの様子だと任務に行くってわけでもないんだろう。せっかくだし俺と話そうや。

「おや、僕を口説こうというのかな、モングレル」

「炭酸抜きエールを飲む女を口説く趣味はねえ」

「酷《ひど》いな」

「ふむ、ここの酒は不味《まず》いのだが」

「ナスターシャ、舌が肥えてるのはわかったからそれを聞こえる声で言うのはやめておけ。まぁ口に合わなかったら残せばいいさ。どうせ俺が飲むからな」

　炭酸抜いたエールを飲むかどうかは微妙なところだが……。

「それより、魔法に詳しい二人に聞きたかったんだよこれ。ほら」

「……懐かしいな。魔法の入門書じゃないか」

「ふむ。モングレル、それを誰に贈るんだい？」

「ちげーよ。俺が読んでるんだよ俺が。ちょっとでいいから魔法を使ってみたくてな」

「ああ……そういえばうちのミセリナが言ってたっけ。本気だったんだ、魔法を勉強しているというのは」

テーブルに届いたエールをひとまずガブッと飲み、人心地《ひとごこち》つく。こんくらいの時期になると常温の水分でも悪くないな。冷たく感じる。

「一応これ読むだけは読んだんだよ。けどなー、いまいちこの著者の言ってる意味が理解できないっつーかなー」

「……ナスターシャ、僕は率直な意見を言いたいのだが」

「構わないのではないか。我々の意見が求められているのであれば」

「おいおい、前フリがなんか怖いんだけど」

俺は体験したことないけど「素人《しろうと》質問で恐縮ですが」くらいの不穏さを感じる。

「そもそも魔法の基礎教育とは、平民が経験的に身につけるような一般常識が身につくよりも早く頭に叩《たた》き込《こ》むべきものだ。この世界における偏見、あるいは常識が育まれるよりも先に身に着ける技術と言える。稀《まれ》に、在野に生きる者の中にそういった『世界の感じ方』をする者もいるし、そういった才能が世間に眠っていることはあるが……モングレルの場合はちょっと厳しいかもしれないね」

「……偏見、常識、ねぇー」

そういうワードを言われると思わずベロを出したくなるぜ。心当たりが多すぎる。……けどそう言われちゃそもそも俺が転生した時点で詰んでるんだが？

「そうだな。サリーの言う通り、モングレルに今更魔法使いとしての適性が芽生えてくる

第二十三話　魔法の適性

とは思えん。中途半端にこの世を解釈し理解したつもりでいる者ほど向いていないのがこの技術だ」

「くっそー……俺はこの世界の誰よりもこの世界をよく理解してるんだがなー」

「そういう姿勢を言っているのだ」

「いやぁ良かった。地植えだとこういった人間に育つわけだね。モモにちゃんと教育を施した甲斐《かい》があるというものだよ」

ひでえ言い方しやがって。おいサリー、エールをジャカジャカシェイクすんな。せめてマドラーか何かでステアするだけにしろ。悪目立ちするんだその動きは。

「まあ、色々言ったが、適性が芽生えないと言っても万に一つもというほどではない。中には奇跡的に、成人後に適性を獲得する者もいないではない。……三十以後で目醒《めざ》める者はさすがにあまり聞かないが……」

「気休めみてぇなフォローだなぁ」

「神話にもそういった人物はいるね。ナスターシャらの所属するパーティー名のモデルにもなったアルテミスだって、元は弓術使いだったが二十歳頃から突然魔法を獲得したからね。まあ、神話の世界の人物にはそういった逸話が多すぎるが」

「神話を使って俺を励ますなよ……」

アルテミス。前世では同じ名前の女神がいた。しかしこの世界におけるアルテミスは地球の神話とは結構違う。しかし多分、偶然ではない。同じ神話にアポロだのなんだの、聞いたことのある名前が結構あるからな。

……元々エルフだのゴブリンだの、どこかで聞いたことのある存在が跋扈《ばっこ》する世界だ。こうした引用じみた世界の作りについては、あまり考えないようにしている。

少なくとも前世の神話の神様が実在しこの世界にいる、とかそういうことは考えていない。仮にいたとしても、そいつはおそらく俺の知るものとは異なる神だ。

「ふ。そもそも、魔法よりも先に弓の練習をすべきなのではないか。ライナとウルリカから教わっているのだろう？　そちらの方がまだ可能性はあると、私は思うがね」

「へえ、モングレルが弓……それも僕には想像できないな。石でも投げてそうなイメージが強いから」

「なあナスターシャ、サリーって学園にいた頃からこんな性格だったのか？」

「ああ。おおよそ変わってはいない。導師から嫌われていたのも似たような理由だ。私は慣れているがね」

「ひでー奴《やつ》だぜ」

「本人の前で言うことではないなぁ」

全くやれやれな連中だ。

……しかし俺には魔法の適性は絶望的ってことか。今後一生、俺が魔法を操ってファンタジックな戦い方をすることはないのだろう……そうか……。

……じゃあもう魔法の練習しててもしょうがねえってことだな！

第二十三話　魔法の適性

じゃあしょうがねえよな！　ゴールドランクの魔法使いが言うんだもんな！
よし、もうやめっか！

第二十四話　ウォーレンの理想的ギルドマン

BASTARD・SWORDS-MAN

俺の名はウォーレン。十六歳。

ネクタールの農家の四男として生まれた普通の男だ。

色々と親父《おやじ》や兄貴にゴネてはみたものの、結局農地を継ぐことはできず、去年からギルドマンとして働くことになってしまった。もうちょっと真面目《まじめ》に農作業の手伝いをやっていれば良かったと思っているが、もはや遅い。生活の不安定なギルドマンとして働くことを余儀なくされてしまった。まぁ自業自得なのはわかってるけどさ……。

レゴールにやってきてギルドマンになって、最初のうちは慣れない作業ばかりで大変だったけれど、なんとか最初の冬を乗り切ることができた。宿はボロいしイビキのうるさい奴《やつ》との相部屋《あいべや》だけど、自分用のショートソード（中古）も買えたし防具も……こっちも古いやつだけどいくつか揃《そろ》えられた。ギルドマンとしての生活は安定してきたと思う。俺と似たような境遇の仲間とパーティーも組めたし、任務の安定感も高まった。

このままどんどん良い装備を買って、ランクを上げて、金払いの良い依頼を受けられるようになるのが当面の目標かな。余裕が出てきたらもうちょっと良い宿を拠点にしたい。

あとは……俺もそろそろ、夜の街に行って可愛《かわい》い女の子と……ぐへへ。いやいや、そんなことでお金を使うより……あわよくば女の子をパーティーに誘って、仲良くなって、恋に発展して……ぐへへ。

いかんいかん。最近ちょっと余裕が出てきたせいで、ついつい誘惑に負けそうになってしまう。女の子は後だ後！　……もしくは記念日とかそういう時だけ！

〝収穫の剣〟の先輩も言ってたじゃないか。アイアンの時に贅沢《ぜいたく》するやつはマトモなブロンズにはなれないって。

しっかり身体を鍛えて、訓練して、任務をこなして……いつか働きを認められたら、もっとデカいパーティーに入れてもらえるようになるんだ。今俺が組んでるパーティーも居《い》心地《ごこち》は良くて悪くはないけど、アイアンで適当にやってればいいって奴も二人くらいいて怪しいんだよな。こんなぬるま湯みたいな環境からさっさと抜け出して、〝収穫の剣〟か〝大地の盾〟に移籍してやるぞ！

で、ゆくゆくは街の衛兵になったり、軍に入って軍団長になったり……へへ……。

おっといけね！　また妄想が捗《はかど》ってしまった！

これから俺はアイアン3に上がるための昇級試験なんだ。気を緩めず、ビシッと決めていくぜ！

「よし、ウォーレン。相変わらず素直で変な癖の付いてない剣だ。悪くない。アイアン3

への昇級を認めてやろう」

「よっしゃー！」

って、色々身構えてたけどあっさりクリアしたぜ！　これで次はブロンズへの昇格だ！

鉄プレートとおさらばするのも時間の問題だな！

「へへー、なんか冬にやった昇級試験よりも簡単だったなー！　ランディさん相手だと戦いやすくて良いや！」

「あのなウォーレン……あまり調子に乗るんじゃない。こっちだってわざと手加減してやってるんだ」

「あでっ⁉」

な、殴らなくたって良いじゃねえかよぉ。

「しかし俺も大概厳しくやっているつもりだが、前は俺以上に厳しい人だったか。ウォーレンの冬の試験官役は誰だったんだ？」

「あれだよ、あれ。サングレール人とのハーフで、ソロでブロンズの」

「ああ……モングレルか」

「そうその人！　あの人すっげー強いの！　ブロンズってすげぇよなぁ。俺ちょっと舐《な》めてたよ」

「いやあいつはなぁ……ランク以上に強い奴だから、あまりモングレルを基準にブロンズをイメージしない方が良いぞ？」

「そうなの？」

ランディさんは練習用の木剣を布で拭き取り、片付け始めた。ああ、こういうのも手伝わなくちゃだな。

「おお悪いなウォーレン。……そうだな、モングレルは多分、シルバー2か3くらいの実力はあると思って良いだろう。うちの〝大地の盾〟の連中でも、一対一であいつとどこまでやりあえるかな……」

「シルバー⁉　すげえじゃん！　そりゃつえーよ！　でもなんでそんなのに昇格してないの？　ハーフだから？」

「いや、本人が嫌がってるんだ。徴兵《ちょうへい》とか、緊急依頼とか、そこらへんを嫌ってるんだとさ。だからあいつは万年ブロンズ3でやってる。変人だよ」

「そりゃ変人だ」

徴兵も緊急依頼も名誉なことじゃん。まあ少しは危ないかもしれないけどさ。ギルドマンって普通そんなもんじゃないか？

よくみんな変な人だとは言ってるけど、本当に変な人なんだなー。

「なあなあ、ランディさんとモングレルさんならどっちが強い？」

「あー……ウォーレン、お前このこと誰にも言うなよ？」

「え、うん。何？」

ランディさんは辺りを見回してから、俺に向き直った。

「強いのは間違いなくモングレルだ。あいつは喧嘩《けんか》だとやけに強い。負けたところを見たことがないくらいだ。四人に囲まれても普通に勝っちまうような男だぞ。俺でも無理だ」

「ま、マジかよ。すげえ！」

「そもそもソロでクレイジーボアを剣一本で殺せる時点で俺より強いよ。一度や二度くらいなら俺でもできるがな。それを何年も続けてるってことは、軽々とやっちまうってことだろ。俺にはとても真似《まね》できん」

「うおおお……え、別に普通に褒めてるだけじゃん。なんでこれ誰にも言っちゃいけないんだ？」

「そりゃ、お前……」

ランディさんは嫌そうな顔をした。

「こんなこと俺が言ってるなんてモングレルに知られてみろ。あいつのことだ、絶対に調子に乗ってくるだろ。悪い奴じゃないけどな、調子に乗らせるとなんかムカつくんだよなあいつ」

「ははは……」

「ウォーレン。お前は真面目な後輩だから教えてやったんだ。……誰かに言ったら、殺す」

「……ハイ」

他人を褒めるくらい普段からやってればそんな恥ずかしがることないと思うんだけどなあ。ランディさんもなんか素直じゃねぇ人だな！

「え？　モングレルさんの強さですか？」

「そうそう！　アレックスさんってよくギルドとかであの人と話してるじゃん？　モングレルさんって強いって聞くけどさ、どんくらい強いのかなーって気になって」

別の日、俺は森の恵み亭で相席になったアレックスさんに気になってたことを尋ねてみた。アレックスさんは〝大地の盾〟のシルバーランクの剣士で、ランディさんよりも腕の立つ人だ。キリッとした真面目そうな顔を裏切らず、俺みたいな新入り相手にも丁寧な口調で接してくれるすげぇ優しい人だ。

「まぁ僕も彼とはたまに合同任務で一緒になりますけど……かなり強いんじゃないですか？　本人の前で言うと調子に乗りそうだから言いたくないですけど……」

「アレックスさんとモングレルさんが戦ったらどっちが勝つかな？」

「どっちでしょうねぇ……モングレルさんの剣捌《さば》きを見るに軍で習った剣ではないので、普通は対人戦だったら僕の方に分があるんですが……」

「そりゃモングレル先輩っスよ」

悩むアレックスさんの後ろから、ちんちくりんな女の子がやってきて口を挟んできた。

そればかりかこっちのテーブルに座ってきた。……見たことあるぞ。確か〝アルテミス〟の弓使いの子だ。うわー、憧れの〝アルテミス〟の子と同じテーブル……って思ったけど、こいつ薄っぺらい身体してるからピクリとも来ねーな。

「相席いースか」

「ええ構いませんよライナさん」

「別に良いけどさぁ。……あ、俺の名前はウォーレンな。ついこの間アイアン3になったんだぜ」

「うぃーっス。どうも、ライナっス。よろしくっス。私はブロンズ3っス」

やべ、同い年か歳下くらいかと思ってたのに全然俺より強いし先輩じゃん。

「そ、そういえばブロンズ3っていうとモングレルさんと同じだよな」

「いやー、私はまだまだっス。モングレル先輩と違って昇格の道のりは遠いっスから」

「あれ、そうですか？　ライナさんの話を聞く限りではシルバー入りも時間の問題だと思っていましたけど……」

「シーナ先輩の方針でもうちょっと鍛錬っス。まだまだっス」

「厳しくやってますねぇ〝アルテミス〟……いやそれより、僕よりもモングレルさんが強いというのは聞き逃せないですよ。いくらライナさんでもそれは……強さなんて時と場合によりますし」

「モングレル先輩はめっちゃ強いっスよ。サイクロプスもほとんど一人で討伐《とうばつ》できるくらいっスから」

さ、サイクロプスを一人で？

サイクロプスってあの巨人だろ？　そんなのと剣で戦うなんて……。

「あー……そう言われるとまぁ確かに……？　軍の剣術も集団戦込みなところがあるから、一人でサイクロプスに向き合えと言われると僕もちょっと困りますけど……でも無理ではないですよ」

「えっ、アレックスさん一人でもサイクロプスに勝てるの⁉」

「はい、まぁ多分……？　でもそういう状況を作らないように動くのがギルドマンとしての腕の見せどころなので、僕としては多対一に持ち込めなかった時点で負けかなーと」

「そんなこと今はどうでも良いんスよ！　今大事なのはタイマンでどっちが強いかっス！」

「そうだぜアレックスさん！　実際のとこどうなんだよ！」

「出た最強議論……若さから来るこのエネルギーがそろそろ辛い……うーん、どちらが強いと言われても……」

　アレックスさんが悩んでいる間にライナさんがぐびぐびと酒を飲んでいる。ペース早くねえか？　……俺も負けてられねえ！

「……んー、一通り考えてはみましたけど、モングレルさんの方が強いんじゃないですか？」

「ええっ！　マジかよ⁉　……でも素直に負けを認められるアレックスさん、俺は格好良《かっこい》いと思うぜ！」

「いや別に傷ついてるわけじゃないんでそういう擁護はいらないんですが……」

「なんでアレックス先輩はそういう結論に至ったんスか」

「そうですねぇ……なんというか……」

アレックスさんはクラゲの酢漬けを口にしながら、言葉を選んだ。

「モングレルさんって多分切り札を隠し持っていると思うんですよねぇ……切り札とか、隠し球とか、奥の手とか」

「あー」

「僕は特に隠すものもないので普通に実力や戦い方も開けっ広げにしてますけど、モングレルさんはそういうのあまり見せないタイプですから。いざ戦うとなると、そういう部分で足を取られて僕が負けることになりそうだなー……と」

「……モングレル先輩の見えてる部分だけならどうなんスか」

「僕も彼の戦いをしょっちゅう見てるわけでもないですが……見えてるままの実力で推し測れば僕の楽勝ですね。我流ですしリーチも短いですし。負ける気はしません。ただ絶対にそんなことはない気がするので……」

実力を隠す凄腕《すごうで》の剣士か……。なんかそういうのも……かっけぇな！

モングレルさんかぁ……俺はソロでやるのは嫌だけど、周りから認められるのってすげーよなぁ……。

「俺も本気出したら敵《かな》わないって言われるようになりてぇー……」

「ウォーレンさんはまだ隠すほどの力もないでしょうに……日々怠らず鍛錬してください。

ブロンズに上がってからが本番ですよ」

「ぐぇー、厳しいぜ」

「口だけモングレル先輩の真似しても滅茶苦茶《めちゃくちゃ》格好悪いだけっス」

「それもそうだな……」

実力もないのに気分だけ強くなってても虚《むな》しいよな……。

ちゃんと鍛えておかなくちゃ……脱いだ時に夜の街のえっちなお姉《ねえ》さんに褒めてもらえるくらい……。

第二十五話　馬の耳にフォークソング

馬車駅は、前世の感覚で言うとバスターミナルのようなものだろうか。

レゴールに出入りする荷馬車が集まって、そいつらが客を待っていたり、荷物を積み込んでいたり、誰もが慌ただしく動いている。特に交易関係の馬車なんかは荷下ろしや積み込みが大変そうで、大勢の人が威勢の良い声を出して働いている。ここには倉庫も多いのだ。だから見方によっては、市場よりも活気のある場所かもしれないな。

俺はレゴールを拠点に活動しているが、当然このレゴールのみで生活を完結させているというわけではない。用事があれば普通に隣街に行くこともあるし、任務で少し離れた村まで馬車で小旅行することも多い。いや多くはないか。そんなにない。たまにあるくらいだわ。

今日はそんな、珍しく隣の村まで行く用事があって馬車駅に来ているのだが……。

「レオミュール行きの馬車？　ああ、今ちょっと一台が調子悪くて修理に出してるからなぁ。この時間の定期便はなしになってんだよ」

「ええ、マジですか」

【第二十五話　馬の耳にフォークソング】

「また後の便で来てくれよ。なに、飯食って時間潰してればすぐだろ。ははは」

なにぶん、大らかな部分のある異世界なもので、気軽に馬車が欠便になったりする。だが今回ばかりは馬車の故障が関わっているらしいし仕方ないか。ひどい時なんかは御者《ぎょしゃ》が酒を飲んで酔っ払ったせいで遅れるなんてこともあるからな。

「参ったな……飯食ってから来いって言われても、飯食ってきたばっかだよ」

レオミュールという村は、地理的に近場といえば近場なのだが、途中ですぐに主要なシャルル街道から逸《そ》れるせいでアクセスが悪い。なので、普通に行くには馬車が必須なのだ。距離的に走っていけなくもないが、俺は夏の暑苦しい中で必死こいて走るのは年に一回くらいで十分なタイプだ。……うーむ仕方ない。待つとしよう。どうせギルドの定期連絡として簡単な荷物を渡すだけの任務だ。遅い便でも今日中に着けば問題ないだろう。

「せっかく向こうで遊ぶために色々用意したのになぁ。馬車の故障か……もっと轍《わだち》がしっかりしてりゃ交通の便もよりマシになるんだろうが……」

ぼやきながら馬車駅を散歩する。東門側の馬車駅はバロアの森に向かう時によくお世話になるが、あくまで通り道だ。少し歩くだけで、普段はあまり気にかけない場所に出る。

「おー馬糞臭《ばふんくせ》え。厩舎《きゅうしゃ》か……今ここにいる奴《やつ》らは皆お疲れなんだろうな」

広い厩舎にはたくさんの馬が入っており、草をモシャモシャと食っていたり、眠りこけていたりと各々好き勝手に過ごしているようだ。こいつらもそれまでの間は街と街とを懸命に走ってきたのだろうから、ダラダラしているなとかは思わない。レゴールでも有数の働き者たちだよ。馬糞で街中を汚すのはちょっとアレだけどな。

「藁《わら》食えー」

「あはは！　藁食われた！」

レゴールに住む子供たちだろう。柵《さく》の向こうの馬に向かって藁を突き出して遊んでいる。馬も遊ばれているのがわかっているのかわかっていないのか、どことなく面倒臭そうに藁を食べていた。平和な光景だぜ……。

「あ、サングレール交じりだっ」

「逃げろー！」

ほんわかと眺めていたら、俺の存在に気づいた子供たちがナチュラルに人種差別して逃げていった。まぁふざけ半分だったけども……子供のこういうのは胸に来るな……。

「まぁ、仮想敵国というか、だいたい数年ごとに敵国になるもんな。親だってそういう教育もするさ……しょうがねえ……」

俺は荷物にくくり付けた道具を取り出し、ぐるぐる巻きにした布を取り払った。

リュートである。この世界にもあるシンプルな弦楽器だが、そいつを俺がちょっとだけアレンジしたものだ。主に弦とか、そのあたりをアコギ仕様に近づけた感じだな。今回は任務でちょっと旅行するついでに、久々にこいつの練習でもしようかと思ったんだが……。

「そうだ、ちょうど良い。せっかくだしお前らに聞いてもらうとするか」

次の便となると結構時間がかかるだろうから、ここでちょっとだけ路上ライブさせてもらうことにしよう。観衆は馬だ。さて、俺のギターは念仏扱いされるかどうか……。

「……そういや馬は大きい音が嫌いなんだっけか。……一応、聞かせるのは広い場所にいる奴らにしておこう」

狭い厩舎の近くで演奏したら迷惑になるかもしれないので、柵の中で放されてる奴らを相手にすることにした。馬とか持ち主に怒られても嫌なんでね。

動物は音楽に興味を持つのか。というと、持つと言っていいだろう。当然、音楽に毛ほども興味を示さない奴らもいるし、曲調や再生媒体が変わるだけで反応がガラッと変わるような生き物もいるので一概には言えないのだが、俺の経験上、大型の哺乳類ほど音楽を理解する能力は高いように思う。特に牛なんかは反応が顕著な気がするな。巨大なムーンカーフの近くで演奏してると、無言でこっち側にのっしのっしと近づいてきて……結構圧をかけてくるように感じるのだが、多分音楽に興味があって寄ってきている……のだと思う。

馬はどうなんだろうか。意外と馬の前でやったことがないんだよな。ちと試してみよう。

多分、暴れるってことはないだろうが……。

「えーそれじゃ……聞いてください……『神田川』」

リュートを爪弾き、物悲しいメロディを奏でる。この世界に神田川なんて流れてないが、この曲を聞くと陰気な暗い川が見えてくるようだぜ……。

人に聞かせるわけでもない弾き語りだ。ただ人気《ひとけ》のない場所で、柵の向こうでのんびりと尻尾《しっぽ》を振っている馬に向けての、本当に慎《つつ》ましい路上ライブである。言語だってこの世界の言葉に翻訳してないから、歌詞なんて俺にしかわからないようなものだ。というか俺も『神田川』の歌詞はよくわからない。世代じゃないからな……。

でも音楽っていうのは、不思議と世代だとか言語だとかの壁を越えていくものらしい。興味なさそうに尻尾を振っているだけだった馬の一匹がこちらにやってきて、ちょっと離れた場所で俺の弾き語りを聞いている……ように見える。

そう、言葉が通じなくても、歌詞の意味がわからなくても、なんとなく通じるもんなんだよな、音楽ってのは……。

俺もこの時代のこの歌詞の人物の気持ちを理解できているわけじゃないが、宿屋に色々な物を置きすぎて実質三畳一間みたいになってるからシンパシー感じちゃってるしな……。だからこう、音を通して魂と魂が繋《つな》がる的な……。

「いや、聞いてかないのかーい……」

なんて考えながら演奏しているうちに、聞いているように思われていた馬がぬるーっと歩き去っていってしまった。

……こっちを向いて演奏を聞いていたのも、「なんか変な人間が音鳴らしてるな」くらいの反応だったのかもしれない。おのれ馬がよ……やっぱ馬には人様の崇高《すうこう》な音楽芸術は理解できなかったようだな……。音楽の力とは一体……いや、文句を言うなら日本の名曲を使って結果を出せなかった俺が悪いんだけどな、うん。

「……あ、そうだ。馬いるし『走れコウタロー』でも練習してみるか……いや、駄目だ。もう歌詞……思い出せねえや」

何度か聞いた曲。気に入っていた曲。そういう曲があっても完璧に覚えているわけではない。だから歌詞も曲調も、俺の遠い昔の記憶から引っ張り出しているものでしかないんだが……こうしてふとした瞬間に「あの曲はもう聞けないんだな」ってことを再確認すると、どうしても悲しい気持ちになってしまう。

かといって自分で弾かなきゃ昔の曲なんて楽しめないしどんどん記憶から風化していくから、悲しんでばかりもいられないんだけどよ。

「なんだっけな……走れハイセイコー……違うな、これ別のだ。うーん……ああそうだ、これから始まる……そうそう、これだ」

馬には聴いてもらえないし、途中から弾き語りをやめて歌詞の思い出し作業を始めてしまったし、グダグダという他ない路上ライブではあったが、いい感じに考え事に熱中できたおかげで次の馬車が来るまでの暇潰しにはなりましたとさ。

第二十六話

第三回熟成カビ入りスモークチーズ猥談バトル

今日は夏を先取りしたかのような高気温に恵まれた。いや、恵まれたというのは語弊《ごへい》があるだろう。長袖を着ている時期に突然夏が来ても、喜ぶ者は少ない。通りを見ても季節外れの暑さにうんざりしている人が多かった。

何が嫌って、食べ物が悪くなるのが嫌なんだよな。肉も魚も腐りやすい。パンだってそうだ。普段もうちょっと日持ちするものが少しだけ腐りやすくなる。なんてことない変化に思えるかもしれないが、家庭ごとの冷蔵庫がないこの世界では結構シャレにならなかったりする。商人たちもいつもなら隣街まで輸送できる食材を泣く泣く諦め、レゴールで投げ売りする他なかったらしい。屋外炊事場では、傷みそうな食材や安売りされた食材でまとめて料理を作ったり燻製《くんせい》を作ったりしている人が多かった。このクソ暑い時期に長々と炊事はしたくないが……やっておかないと厳しいとこもあるんだろうなぁ。

ともかくそんな暑さのせいか、今日はギルドに詰める奴《やつ》が多かった。

ギルドは夏は涼しく冬は暖かい、安定した造りの建物だからな。今日みたいな日は結構涼しいんだ。飯と酒の値段は高いけど、涼には代えられん。

「だから構える時はもっと弓を寄せなきゃダメでー」

「モングレル先輩のは顔を寄せてるだけっスよ。身体側に弓を寄せなきゃ意味ないんス。腕は身体に対してまっすぐっスよ」

「身体のどこに対するまっすぐだよ……人体に直線はねえんだぞ……」

「おっさんになると覚えが悪くなっちゃうのかなー……」

「おいコラ、その言葉は鋭すぎて人が死ぬぞ」

俺はちょっとだけ冷たいエールを飲みながら、ライナとウルリカから弓を教わっていた。

今日はギルドが氷室《ひむろ》からデカめの氷塊を買い上げたらしく、どうやらそれで涼を取りつつ、希望者には料金割り増しで申し訳程度に氷の入った酒を提供しているらしい。

氷を入れたエールなんて薄くなるだけの代物でしかないが、冷えたビールの美味《うま》さが魂に染み付いている俺としては買わずにはいられなかった。

「しかし矢筒ってのは高いんだなぁ。ただの筒だしもっと安いもんだと思ってたぜ。まだ手が出ねーや」

「矢を素早く取り出すための重要な装備だからねー。こだわればもっと高いよー？」

「でもピンキリっスよね」

「レザーで自作するかなぁ俺はなー」

レザークラフトに関してはそれなり以上の腕があるしな。大まかな造りがわかれば自作するのも悪くない。その方が安いし。

なんてことを考えていると、ギルドの入り口が開いて団体様がやってきた。

ちらりと見ただけでわかる大柄な団長の姿。ディックバルト率いる〝収穫の剣〟のメンバーだ。

しかしどうも様子がおかしい。いつも無口で無表情なディックバルトが、随分と憔悴《しょうすい》しているようなのだ。俺の感じ取った違和感はギルド内の他のメンバーにも伝わっていたらしく、どこか騒然としている。

「おいおい、どうしたんだい。ディックバルトさん随分としんどそうにしてるじゃねえか」

「何があったんだ？」

「……ディックバルトさんがよぉ～……娼婦《しょうふ》にゴールドの認識票を盗まれて、衛兵の厄介《やっかい》になっちまったんだ」

「はぁ？　寝てる間に娼婦が客のもん盗んだってのか？」

「マジかよ……」

詳しい話を聞いてみると、どうやらディックバルトが今朝まで泊まっていた娼館《しょうかん》で窃盗に遭ったらしい。盗まれたものはディックバルトの持つゴールドランクの認識票。犯人は同じ部屋で寝ていた、ディックバルトの相手をしていた娼婦だ。ディックバルトが起きると姿が消えていたが、そう時間も経《た》たずに捕まったらしい。

動機はゴールドの認識票を売っ払おうとした、ってところだろう。捕まった娼婦のいる娼館は安い店で、あまり稼げない女の集まる場所だったらしい。その金でさっさとどこかへ逃げようとでもしていたんだろうな。それにしても杜撰《ずさん》な犯行だと思うが。

そもそもこの犯行には、大きな落とし穴がある。

「……モングレル先輩、ゴールドの認識票って別に金じゃないっスよね」

「ああ。真鍮《しんちゅう》だな」

「昔は本物の金だったらしいけどねー……」

娼婦の盗んだゴールドランクの認識票。確かに見た目は金ピカだが、これは金ではなく真鍮で出来ているのだ。理由は頑丈《がんじょう》さとかコスト面とかもあるが、何より金の塊を身に着けていてはいらぬ犯罪を呼び込むからだろう。ギルドマンの認識票で最も製造コストが高いのがシルバーというのは有名な話だ。

ギルドマンにとっては常識も常識。一般人にとってもそこまで伝わってない話じゃない。それでも、そんな当たり前を知らずに生きてきた不運な女がいたということなのだろう。

「馬鹿な娼婦もいたもんだぜ」

「あのディックバルトさんから盗むとは……許せねえな。どこの店だ？　潰してやる」

「犯罪奴隷の慰《なぐさ》み者《もの》になっちまえばいい」

正直、俺もギルドマンだし殺気立つ連中の気持ちはわかる。客の物を盗む奴は許せない。

だが……やっぱりな。犯行に及んだ娼婦の背景を想像しちまうと、やるせない思いの方が先に来ちまうんだわ。仮に目の前にその娼婦がいたとして、石を投げつける気にはなれない。

「元気出してくれよぉ～団長～……」

「——俺が……俺が、私物の管理を怠ったせいだ……」

「そりゃちげぇって～……」

「俺がしっかりしていれば……——こんな悲しい事件そのものが、起きることはなかったのだ……」

ディックバルトは娼婦を犯行に及ばせたことを自分のせいだと思い込んでいるらしい。もちろん、やった奴が悪いのは当然だしディックバルトもわかってはいると思うのだが……娼婦を責められない性格なんだろう。あいつは優しい男だからな。

「なんか……可哀想《かわいそう》っスね」

「落ち込んでるねー……」

「なに、酒でも飲んで騒げば元気になるさ」

こういう時こそ強い酒の出番のはずだが、まだまだウイスキーは流通していない。流石《さすが》におせーぞレゴール伯爵《はくしゃく》さんよぉ……。今年植える種籾《たねもみ》を全部使ってウイスキーを量産してくれや。

「くそっ、このまま団長が復活しねェのは不味《まず》い……。かくなる上は、いやらしい話題を作って無理矢理盛り上げるしかねェ……！」

「やるのかチャック……!?　だが、それでディックバルトさんの調子が戻るとは……！」

「――いやらしい……話……か……――？」

「！　反応した……これならいけるかもしれねぇ！」

「任せてくれディックバルトさん！　今新鮮な下ネタを仕入れてやるからな……！」

「あァ、もとよりその治療のためにギルドまで足を運んだんだ……！　野郎ども、準備は良いかァ～!?」

おいおい、なんか始まりそうな雰囲気じゃねえか。

確かに覚えのある、修学旅行の夜のようなこの熱狂のうねり……間違いない……！

「第三回……熟成カビ入りスモークチーズ猥談《わいだん》バトルの始まりだぜぇえええッ！」

「イヤッホォオオオオォ！」

「猥談なら任せろー！」

「モエルーワ！」

「なんだ今の！」

出たぁー猥談バトルー！　おま、お前らマジで……ディックバルトがいるからってもうちょっと周り見ろよ！　今日とか普通に〝若木の杖《つえ》〟の連中もいるんだぞ！

「まーたはじまったっスね……」

「……もしかして今回もさー、モングレルさんは参加とか……するのかなー」

「マジっスかモングレル先輩」

「……冷えたエール。そう、冷えたエールだぜ、今日のは。そこに足りないものが一つだけあるとしたらよ……それはもう熟成カビ入りスモークチーズしかないんじゃねぇのか？」

「いやピンポイントすぎてわかんないっス」

そもそもカビ入りチーズ自体が稀《まれ》だ。匂いのあるチーズだが、これがまた酒に合う。それだけでも美味いってのに、それを燻製とか……強いやつに強いやつを組み合わせるようなもんだろ。

だけどカビ入りチーズなら俺はスモークせずに単体で食いたいなーなんて思っちゃう。

「この熟成カビ入りスモークチーズはなァ〜……バロメ婆《ばあ》さんから貰《もら》った特製のチーズなんだぜぇ〜？　果樹の細枝で燻した香り高い無敵のチーズだぜぇ〜？　そんな高級なチーズをよ〜……なんと、参加者には一欠片《かけら》、勝った奴には三欠片もプレゼントだァ〜！」

「ヒューーッ！」

「やりますねぇ！」

「さすがチャックだ！　婆さんにだけよくモテるぜ！」

「うるせ〜！」

マジかよ。なんかスモークでも美味そうじゃん……こ、こうしちゃいられねえ。男の尊厳を踏《ふ》み躙《にじ》ってでも俺は勝ち取るぞ、そのチーズ……！

「またっスかモングレル先輩……そういうスケベなのはあんまり……ウルリカ先輩？　どうしたんスか？」

「えっ？　え、いやなんでもないよー？　どしたの？」

「なんか上の空っぽかったっスけど……」

「そんなことないそんなことない。それよりさっ、モングレルさんを応援しようよ！　勝てば私たちにもチーズ分けてくれるかもだよ？」

「うーん、チーズは食べ飽きてるっスから……」

「贅沢《ぜいたく》だなぁー……」

　我こそはというスケベ男たちが中央に集い、それを白い目で見る女ギルドマンたちは譲るように端のテーブルへと移動してゆく。そうだ、それでいい。ここは今から戦場になるんだぜ。女子供はうちに帰んな。

「――審判はこの俺、ディックバルトが務めさせてもらう……――皆の溜《た》め込《こ》んだ知恵と精力、存分に吐き出してくれ」

「ウォオオオオッ！」

「なんか既にディックバルトさんが元気になってるけどやってやるぜぇえええ！」

「チーズは俺のものだーッ！」

　こうして再びきったねぇ男たちによるバトルが幕を開けた……！

「先攻は貰った。『連合国出身の子は耳が弱い』！」

「ぐっ……!?」

「マジかよ!?　これは早くも決まったかぁ～!?　ブライアンには厳しい展開だ～！」

「――いや、真偽不明ッ！　少なくとも俺の経験上は……誤差の範囲！　有効打なし！」

「なッ……!?　じゃああれは、俺への演技だとでも……!?」

「チャンスだ！　いくぞ！　『女の子って実は胸を思い切り揉《も》んでもそんな気持ちよくないらしいぜ』！」

「――勝者、ブライアン！」

「ぐわぁあああっ!?　俺のテクニックが、全て虚像だっただとぉおおッ！」

「――男を気持ち良く騙《だま》してくれる女……それもまた、一夜の甘い夢……女の技巧よ……」

「はいよ～、勝者のブライアンには三個な～」

「しゃあっ！」

戦いの場は白熱している。

勝者は美酒に酔い、敗者は項垂《うなだ》れ寂しくチーズを齧《かじ》る……いや量が違うだけで食ってるものは美味いはずなんだけどな。負けただけで随分と落ち込むなこいつらは……。

「今回もアレックス参加するのかよ」

「うちの副団長にチーズを勝ち取ってこいと言われてしまいまして……モングレルさんも

ですか？」

「美味そうなチーズだからなー、せっかくだし今回もサクッと勝って多めに貰っとくぜ」

「自信ありますねー……」

「そりゃ負ける気はしねぇよ。俺には賢者より受け継がれた知識があるからな」

「胡散臭《うさんくさ》いなぁ……」

「おいモングレルさんよォ〜……そいつは聞き捨てならねえぜ〜……？　サクッと勝ってだァ……？　そいつは俺との勝負が楽勝だっつー侮辱だぜぇ⁉」

なんかまたチャックが突っかかってきたよ。

「いや別にお前と対戦するとは決まってないじゃん」

「俺が決めた！　主催者権限だァ！」

「チャックのリベンジマッチだぁ！」

「三度目の勝負だ！　今回こそはチャックの勝利となるのか⁉　それともモングレルの連覇で終わってしまうのか……⁉」

おいおい俺ヒール扱いかよ？　どう見てもチャックの方がヒールって顔だろが。

「――モングレルよ……勝ち上がってこい。俺のいる高みまで――」

「嫌です……」

「問答無用だァ！　いくぜ俺の先攻ッ！」

「出たー！　チャックさんの主催者権限イニシアチブだー！」

やっべまた先攻取られた。まぁ取られても勝ってきたから別にいいんだけどよ。

「ククク……前回、前々回と男ネタでやられちまったからには、同じ戦場で汚名をそそぐしかねェ……！　食らいやがれ！　男は……『玉』でも感じる……ッ！」

「おおっ！　マジかよ！」

「痛いだけじゃないのか⁉」

「まだまだァ……追加攻撃だぜェ～ッ！」

追加攻撃⁉　そんなんあるの⁉

「他にもなァ……『男は太腿《ふともも》でも感じる』んだぜェ！」

「太腿で⁉　ただの脚なのに……⁉」

「チャックさん適当に言ってるだけじゃ……判定は……一体……⁉」

「――有効！　二連撃！」

「うおおお決まったぁあああ！」

二連撃⁉　なんかコンボとかそういう概念あったりするのこれ⁉

くそ、未《いま》だにルールの全容が見えてこねえ……！

「さすがのモングレルでもこれは厳しいだろうがよォ～……へへへ……凄腕《すごうで》の娼婦の姉《ねえ》さんに聞いた情報だぜェ……！」

「……これは、決まったな」

「ここから逆転するのは、ディックバルトさんくらいでないと……」

ギャラリーは既に勝負が決まったかのような雰囲気を放っている。

おいおい……確かにコンボシステムには驚いたがよー……。

「……なぁ、誰がいつ白旗を上げた？」

「ッ⁉　こいつ、まだ戦意を……！」

「チャック……お前は俺に二度、敗北を喫している。そのくせ三度目も俺に楯突《たてつ》いた……以前と同じ、弱いままでな」

「なっ⁉　何を……！」

「うんざりなんだよ、お前……二連撃？　たったそれだけのクソ雑魚《ざこ》パンチでこの俺に勝つだって？　笑わせてくれる……」

「は、ハッタリだ！　今回のは、俺の勝ちで……！」

「なら、倍プッシュだ」

「……⁉」

ざわりと、空気が変わる。

「俺に勝てるって吠《ほ》えるならよ……賭《か》けてみせろよ……チーズを、〝六欠片〟……！」

「なんッ……！」

「まさかこいつ、本気でチャックさんに勝つつもりか……⁉」

「わからねぇ……このスケベバトル、もう俺たちの目で追えるスピードじゃない……！」

「なに、俺だってタダでチーズを増やせってわけじゃない。俺が負けたらチーズは一欠片もいらねぇよ。なんなら銀貨を賭けてやってもいい……」

「モングレルさーん？　ギルド内で公然と現金賭博《とばく》をされるのは困りますねー？」

「あ、ミレーヌさんごめんなさい……じゃあチーズだけという方向で……」

「それなら構わないですよー」

あっぶねえ。ミレーヌさんにガチギレされるところだった。

「くッ……ああ良いぜッ！　チーズ六欠片！　言われてみればそんなに大したことねえ賭け金だ！　乗ってやる、その勝負ッ！」

「うおおおお！　チャックさんが倍付けに乗ったぞぉおお！」

「でも現金じゃないからイマイチ盛り上がらねぇなぁあああ！」

「ノリで盛り上げろぉおおお！」

「さあ……来いよモングレル！　てめぇなんざ怖くねぇ！」

ふう、どうやら覚悟を決めたらしいなチャック。

良く吠える奴だ。その勇敢さに免じて……一切の慈悲なく、幕を下ろしてやる。

「『口、耳、首筋』……」

「……!?」

「『腋《わき》、乳首、背中』……」

「な、なんだてめェッ！　一体何を……!?」

「――ぬぅッ！　これは……ッ！」

気付いたか、ディックバルト。だがもう遅い。

『臍《へそ》、鼠蹊部《そけいぶ》、会陰部《えいんぶ》、肛門《こうもん》、内腿《うちもも》、膝、足指』……ふぅ、やれやれ。まあひとまずこんなところだな」

「な、なんだこいつ！　さっきからベラベラと！　ただ身体の部位を連ねやがって〜……！」

「……まだ喋《しゃべ》るのか、チャック」

「何を……！　いや、まさか、そんなッ」

「俺が今挙げたのは……『全て男の性感帯だぜ』？」

「あべしッ！」

その瞬間、チャックは三メートル近く吹き飛ばされて床に倒れ込んだ。

哀れな奴め。自分が死んでいたことにも気づかなかったか……。

「──勝者、モングレルッ！」

「チャ、チャックぅーッ！」

「マジかよ！　男もそんなに感じるのか！」

「知らなかった……自分の身体なのに……！」

「──うむ。だが、これらも意識して触れることで感度を高める他に〝覚醒〟の手段はない……だが、確かに存在するのだ……天晴《あっぱ》れだ、モングレルよ……」

「へ、へぇー……まだそんなに色々、あるんだー……」

「誰か、誰かチャックに気付け薬を！」

「酒で良いか⁉」

「ああそれで頼むッ！　チャック、目を覚ましてくれ……！」

「ゴボボボ……」

馬鹿め。俺に歯向かうからこうなるんだよ。

チーズは貰っていくぜ、ありがとよチャック。はっはっはっ。

「――さすがだな、モングレル。よもやそれほどまでに男の身体に精通しているとは……

――もしやお前も俺と同じく、そういった店にも……？」

「いや、俺のは通りすがりのスケベ伝道師から聞いた」

「またしてもスケベ伝道師かよ！」

「捜してもいなかったぞスケベ伝道師！」

「在野にこれほどのスケベ伝道師がいたとはな……」

「ていうか今ディックバルトさんヤバそうな事言ってなかったか……？」

「聞かなかったことにしろ……任務に差《さ》し支《つか》える……！」

こうして俺は六欠片の高級チーズをふんだくり、テーブルへと舞い戻った。

「……モングレル先輩、相変わらずスケベ話好きなんスね」

「いや、好きというか……知ってるだけだから。ほら二人とも、そんなことよりチーズおあがり」

「わぁい」

「ウルリカも食えよほら。あ、俺のエール温くなってやがる……！」

「あ、うん……いただきまーす……」

「畜生、温いエールじゃせっかくの美味いチーズも……いや、全然イケるなこれ……」

その日、俺は〝アルテミス〟の後輩らと〝若木の杖〟の女の子たちに白い目で見られながらも、普段はなかなか味わえないカビチーズの旨味《うまみ》を堪能《たんのう》したのだった。

第二十七話　異世界ストラックアウト

「お？　なんだこれ、すげーいい感じのボールじゃん」

「よう、モングレルの旦那。そいつは輸入品のボールだぜ」

黒靄《くろもや》市場でメルクリオの店を訪れてみると、そこにはちょっと目を引く商品が置いてあった。前世で言えばなんてことはない、手のひらサイズのボールである。しかしこの世界ではボールなんてものはとても珍しいアイテムであり、あったとしても子供の玩具《おもちゃ》として妙な硬さや柔らかさの物が大多数だったのだが……。

「おー、いい感じの硬さだな」

「気に入ったのかい？　旦那。一応そいつは子供用らしいんだがねぇ」

メルクリオが仕入れたというこのボールは、前世で言うところの軟式の野球ボールに近い触り心地《ごこち》で、握るとボヨンとした抵抗を手に感じる。中には何が入っているのかやや重めだが、外側は薄めの革で覆われているようで、縫い目の存在もあってまさに野球ボールのような見た目をしている。ええやんええやん。

こういうボールじみたものは、珍しくない。まぁ丸い玩具を作ればそれはボールだからな。転がしたり投げたりして遊ぶシンプルな道具である。ハルペリアでは子供用の物が色々と存在しており、いまいちルールのよくわからん球技もあるとかないとか。俺は遊んだことはないから詳しくはよくわからんけどな。街中でもたまに子供がボールで遊んでるのを見かけるよ。人のいる通りでボールで遊んで大人に怒られるのは異世界でも共通だな。

「よし、こいつを買うぜメルクリオ」

「旦那がそんなのを買うのかい？　まぁ構わないけどな。何に使うんだか」

「そりゃお前、投げて遊ぶんだよ」

「そのまんまかい!?　少年の心を持ってるねぇ」

「男は腰と肩と膝が駄目になるまでは少年みてーなもんだからな」

良い感じのボールを手に入れたことで、久々にちょっくら投げたりして遊んでみたくなった。別にこいつを元にして何か発明品を拵《こしら》えようってんではない。シンプルに、これで遊ぼうってだけの話ですともよ。

「というわけでこんな物を作ってみたぜ」

「……なんですかこれ？　修練場に持ち込むような物なんです？」

「よく聞いてくれたなアレックス。こいつはまぁアレだな。投擲《とうてき》能力を鍛えるのにもってこいの遊び道具……いや、訓練器具でな」

「今遊び道具って言いましたよね？」

工作室から運んできたのは、ちょっとしたホワイトボードサイズはあろうデカい器具である。興味をそそられたのか、修練場で軽めの鍛錬に勤《いそ》しんでいたギルドマンたちがこっちを見て何だ何だと寄ってきた。今日は〝大地の盾〟の他にアイアンランクの新入りたちも修練に励んでいたようで、そっちはやや遠巻きにこちらを窺《うかが》っている様子だ。

「縦三マス、横三マス。合計九マスの正方形のプレートを、まぁこのフレームで緩めに固定してるわけだ。ちょっと強めに叩《たた》かれるだけでプレートは外れて落ちるようになってる」

「それぞれに番号が振ってありますね」

「なんだそれは。モングレルがまた何か作ったのか」

「ようランディ。まあ見ろよ……って言われてもこれ見ただけじゃわかんねえもんな。実際にやってるとこ見ないとイメージしにくいだろうから……よし、今から見せてやるよ」

俺はボードから離れ……ピッチャーマウンドらしい距離、というにはかなり近めの位置に足でラインを引いた。普通にピッチャーらしい距離でも球は届くんだろうけど、思いの外的が小さく見えたので日和《ひよ》って近づきました、はい。

「ルールは簡単！　このボールを投げてそのボードに掛かっているプレートを撃ち抜くだけだ！」

「投擲の練習……というよりゲームのようなものでしょうかね？　なるほど……」

「いくぜ！　まずはストレートで５番プレートぶち抜いてやる！」

第二十七話　異世界ストラックアウト

俺は投球フォームに入り、思い切りボールを……投げた！

「どこに投げてんだこいつ！」

「5番どころかボードに掠《かす》ってもいない……」

「肩が温まってきたぜ……」

「あいつなんか遠くで言ってんぞ」

「まぁ大体やりたいことはわかりましたね……」

見本として思い切りど真ん中をぱかーんと貫いてやろうかと思ったが、残念なことに俺は野球少年じゃないんでね。全然思ったところに球が行かねーわ。真ん中狙いだったらまぁ隣のプレートくらいには行っちまうかなーと思ってたけど甘かった。普通に難しい。

「へえ、このボールなんだか柔らかくて握りやすいですね」

「それな、黒靄市場で売ってたやつを買ったんだ」

「ほー……子供の遊び道具なんだろうが、投げやすくて良いな。こいつでこの板を、こうすれば良いわけだな?」

ランディが五メートルほどの近距離からボールを投げて、2番プレートを吹っ飛ばした。近いとはいえなかなか良い肩してるじゃねえの。ハルペリアのランディ・ジョンソンを名乗ってもいいぞ。

「なるほど、これは意外と面白いな」

「ランディ、次は俺にやらせろよ」

「待て待て、投擲だったらこっちが先だ。短槍投げといえば俺だろう」

「あーあー、順番だ順番。あとそのボールあまり丈夫じゃないから、丁重に扱ってくれよ」

体育会系の遊びは〝大地の盾〟の心を刺激したらしく、俺の想像以上の食いつきでボールに群がってきた。しかしただ投げて板を吹っ飛ばすだけでは遊びのルールとしては弱い。多少は遊ぶ上での縛りを設定しておかないとな。

「みんなで交代でボールを投げつつ……そうだな。一番多くプレートを倒せた奴《やつ》が勝ちってのが良いだろうな」

「なるほど。ボール投げの上手《うま》いやつが勝つわけだな。わかりやすい」

「ただし、適当に投げてプレートを倒してじゃ芸がないだろう。そこでだ、投げる前に一枚だけプレート番号を指定して、そいつを倒せたらさらにもう一球投げられるってのはどうよ」

「上手く宣言通りにプレートに当てられたら連続で挑戦できるわけですか。良いですね」

コースを宣言してその通りに投球できる……まさにコントロールの良いピッチャーだ。この世界じゃ投擲だって一つの戦闘手段だし、多少は狙いをつける練習になるだろう。

「あと、そうだな。このボードは上中下で三段になってるだろ？　けど隣り合うプレートの間にはフレームが入ってない。つまりだ、こう……プレートの間にこう、ボールを投げ込めれば」

「一気に二枚取れるんですね？」

「なあ、もう説明は良いだろ。早く投げたい」

「とにかくやってみようぜ」

「俺の石投げの腕前見せてやるよ」

説明をちゃんと聞いてるのか聞いてないのか、〝大地の盾〟の面々はウキウキしながらゲームを始めたのだった。


「おらっ！　二枚抜き！」

「またですかランディさん！」

「宣言とはズレたが、やられたな……」

いざ皆がボールを投げ始めると、そこからは童心に帰ったかのように熱中し始めた。制作者である俺のことなどお構いなしである。普段は剣やら槍やら弓やらを主に扱っているから、ボール投げが新鮮に感じているのだろう。

アレックスやフリードはあまり上手くないが、ランディだけはなかなかの投球技術を持っているようだ。レゴールに草野球文化が爆誕したらあいつをドラフト指名しておこう。

まあ、そんな時が来るとは思えないが……来るとしてもサッカーだろうな。サッカーなら俺もフットサルをやってたから少しは活躍できるぜ……。

「おーいランディさん！　俺らにもやらせてくれよ！」

「おお、ウォーレンか。これはモングレルのだからモングレルに聞けよ」

「あ、一応俺のだって覚えてたのね」

「モングレルさん、やって良い？」

「良いぞー。ただしボールは乱暴な使い方するんじゃないぞ。それ一個しかないんだからな」

遠くから眺めていたアイアンランクの若者たちも内心ではすげぇやりたかったようで、〝大地の盾〟からボールを渡されると一斉に集まって遊び始めた。……うん、遊びだなこれはもう。投擲の練習と言えば聞こえは良いが……まぁ、少しは足しになるのかねぇ。

「ランディさんさっき上手かったよな？　何枚くらいいけた？」

「ふっ。俺は四枚いけたぞ」

「マジかよすげぇ！　これ思ってたより当たんねーよ！」

「無理に投げて肩壊すなよ」

ボールを投げる奴と、ボードの近くで投げ返す奴。的を当てる方がゲームとしては楽しいが、球拾いして投げ返すだけの役割もそれはそれで面白そうにやっている。何度も投げ返せる分、そっちの方が練習になるかもしれないな。

「あ、ウォーレンさん当ててましたね。……いやー、僕も少しは自信があったんですが、駄目でしたね。小さい頃からこの手の練習をしてた方が上手いんでしょうか」

「だろうな。俺もこう、投げる時にカーブ……左下に落ちていく球の練習は結構やったんだけどな。変化球ってやつ。けどもう上手い投げ方忘れちまったよ」

「軌道が変わるんですか？　いやまぁ、モングレルさんは先にしっかり的に当ててからじゃないですかね」

「厳しいコースを抉《えぐ》ってくるねぇ……」

「ふ、作った奴が上手いとは限らないということだな」

一番良い成績を残したからかランディは得意げだ。くそ、こいつめ……打者だったら多分俺の方が強いんだぞ。アレックスも名前からしてロドリゲスって感じがするし、多分こいつも強いはずだ。まあ、打者ありにするとボールが街中に飛んでいくだろうからやらんけど。

「投石する機会なんて滅多にありませんけど、投げた物が上手く当てられるならこういう練習も悪くないのかもしれませんね」

「だろ？　まぁ石くらいでクレイジーボアが仕留められるとは思えないが、ゴブリンとかパイクホッパーくらいなら当たりどころが良ければなんとかなりそうだしな」

「そういう意味でも、あいつらのような新入りが覚えておく分には良いかもな。実際、生半可な弓よりも投石の方がずっと役には立つだろうさ」

「だな。弓にもできないことは多いし……」

「へえ、なんだか面白い話をしてるじゃないの」

突然、背後からかけられた凛《りん》とした声に身が固まる。

「弓よりも投石の方が、ねぇ」

「……こ、これはこれは。〝アルテミス〟団長のシーナさんじゃないですか、へへへ……」

「取ってつけたような他人行儀な態度ね、モングレル」

どうやらシーナは弓の練習をしに来たらしい。なんか嫌なタイミングで話を聞かれちまったな……別に弓の悪口ってわけじゃないんだぜこれ。

「いやまぁ弓が悪いってわけでは……」

「ええそうですよね、別にそうは言ってないので……」

男連中の歯切れが悪すぎる……どうやらシーナの刺々しさが苦手らしい。気持ちはわかる。あいついつも怖いもんな。

「あの板にボールを当てる……遊び？　訓練？　をやってるのね」

「おお。投げる前に宣言して、宣言通りの場所に当てる感じのゲームだな。宣言通りならもう一球投げても良い。少ない投球数でより多くプレートを撃ち抜けた奴が勝ちってルールでやってるんだ」

「へえ……」

シーナもアイアンランクの連中を邪魔する気はないのか、終わるまではじっとゲームを観戦しているようだった。まあ、見てる分にも結構面白いからなこれ。

「……弓だとどうなるんでしょうね、これ」

「狙いがつけやすい分簡単だろう」

「そうか？　俺は当てられる気がしないが……」

「モングレルさんは練習しないからですよ……シーナさんだったら多分こういうのは外さないんじゃないですか？」

「当然よ。私なら……そうね、多くても六射で全て射抜けるわ」

六射。それはつまり、九枚あるプレートから……二枚抜きを三回やってみせるということに他ならない。おいおい、〝継矢《つぎや》のシーナ〟とはいえさすがにそれはフカしすぎだろ。

「私の番よ」

シーナが弓を持ち、練習用の矢を構えている。マジでやるつもりだ。

「六射で九枚全部だなんて……さすがに無理じゃないですか？」

「ああ……確かに弓矢であれば狙いも付けやすいだろうが、矢は細い。プレートの二枚抜きなんて難しいどころか……そもそも、プレートだってピッタリとくっついてるわけじゃないぞ？　よほど綺麗《きれい》に射抜かなければ、二枚なんて抜けないはずだ」

そう、二枚抜きをすれば可能というのは理論上の話だ。実際はプレートとプレートの間に一センチちょいほどの隙間があるので、練習用の矢であれば先端に付けた丸い玉を綺麗にぶつけるようにしなければ二枚抜きはできない。それを連続してなんて……。

「さ、始めるわよ。よく見ていなさいな。投石と弓、どちらが強いのかを」

さっきの俺等の話、めっちゃ根に持ってるじゃんこいつ……。

「まずは1番」

いざスタート、といったところで、シーナは弓を横向きに構えた。この世界でもあまり見ることのない構えだ。そしてそのまま矢を放ち……。

「うわっ、曲がった⁉」

「すごい動いたぞ！」

「二枚抜きだ！」

その矢は放たれると同時に空中で激しく撓《しな》ると、それこそ変化球のように横にスライドしながら飛んでいったではないか。斜めに近い軌道でボードへ進入した矢は……無理なく1番および2番のプレートを吹っ飛ばしていった。

「すげぇ！　あんな細い矢で二枚抜きした！」

「〝アルテミス〟の弓使いってマジで強いんじゃん……！」

「次、3番」

言い終わると同時に放たれた矢が当然のように3番のど真ん中に突き刺さる。

「4番」

次に放った矢は再びカーブを描き、隣の5番をも一緒に射抜いた。

「これ……番号順に射抜いていくつもりだぜ！」

「しかも本当に六回でやるつもりだ」

「狙っても誰でもできるもんじゃねーだろ……」

「6番」

そして段で一枚残ったプレートは当然のように射抜いていく。矢を取り出してから宣言して射るまでにほとんど時間をかけていないのが何よりもやべぇ。

「……7番」

残るは最後、下の段のみ。もはや一枚を射抜くだけなら何も難しくはなさそうなので、実質ここの二枚抜きが最後の難関らしい難関と言って良いんじゃないだろうか。シーナもさすがにここでは集中したいのか、横に構えた弓を慎重に引き絞り……放った。

「おおっ、二枚……じゃない⁉」

「うわっ！」

「三枚だ！　三枚抜きしたぞ！」

なんということだろう。最後にシーナが放った矢は撓《しな》りながら大きくカーブし、二枚抜きすると同時に……そのうちの８番のプレートを真横に吹き飛ばすことで、離れた場所にある９番をも落としてしまったらしい。

「……はあー。三射目でようやく三枚抜きできたわ。……これで五射、九枚抜きね」

しかもどうやらシーナはずっとこの三枚抜きを狙っていたようである。上の二段の二枚抜きは、三枚抜きをし損なったものだったようだ。神業がすぎる……。

「あまり弓使いを舐《な》めないで頂戴ね。ま、いい練習にはなったわ。ありがとう」

矢を回収したシーナはそう言って、さっさと修練場から出て行ってしまった。残された俺たちはもう、全抜きされたボードを眺めて感嘆の息を吐くしかない。

「……この記録はボールじゃ抜けそうにねぇな」

「九回投げて九枚倒すのさえ無理ですよ僕らには」

「……本物の弓使いは化け物だな」

後から聞いた話だが、この神業的なパフォーマンスを見て弓の練習を始めたルーキーが何人かいたらしい。けどシーナみたいな桁違いの腕前の奴に憧れるのは良くねえと思うけどな……なろうと思ってなれるような弓の腕じゃねえだろあれは。

「モングレルさん、さっき言ってた変化球ってやつで同じようなことできないんですか」

「無茶言うな」

そんなん投げれたら高校球児になってるわ。

第二十八話　ポーションの定期交換

BASTARD・SWORDS-MAN

この世界にはポーションと呼ばれる薬がある。まぁ、一口にポーションと言っても色々と種類があるわけなんだが、その中でも高価な物の一つとして、外傷に対して即効性のあるポーションが存在する。まんまＨＰポーションって感じの薬だな。これは専用の色付きガラスの瓶に入れられている薬で、基本的には傷口にぶっかけて使うものだ。ちょっとした切り傷であれば瞬《また》く間《ま》に治すし、派手な出血を伴う怪《け》我《が》でもギリ止血するところまでいけてしまうという、前世にすら存在しないなかなか強力な薬だ。

効果で言えば、駆け出しヒーラーのヒール一回分ってとこだろうか。そう考えるとかなり割高な値段設定になっているのだが、怪我をした時にすぐ側にヒーラーがいる状況なんてのはそうそうないわけで、誰でも瓶の封を開けてぶっかけるだけでお手軽にヒールが使えると考えれば、こいつの利便性はわかってもらえるだろう。

しかしこのポーション、値段的にも効能的にも色々と制約が多い。

まず、単純に高い。ポーションの多くは王都で製造されているのだが、原材料費やら製造費やらが単純に高く、高価なのだ。需要だってあるし、値下がりすることはない。

また、液体を割れ物容器に入れて運ぶから運搬に費用が掛かる。梱包《こんぽう》も緩衝材をふんだんに使うし、運ぶにしても貴重品扱いなので厳重な警備をつける必要もあるだろう。

後は、アイテムとして道具箱に入れて保管しておくことで劣化しないのであれば良かったのだが、このポーションには使用期限があるってのも痛い。さすがに乳製品レベルの短さではないが、一年は持たないと言われている。

そして入手がめんどくせえ。ポーションはただの医薬品ではなく、軍需品としての側面も強いので、取り扱いはきっちりしていなければならない。そこらへんの街の道具屋で販売はされておらず、入手するためにはギルドや診療所などに掛け合わなければならない。個人が一度に買い取れるポーションの数も制限されてるって話だが、そこは俺もよくわからん。けどとにかく、色々と面倒な道具ってのは確かだな。

と、まあマイナスイメージをつらつらと並べてしまったが、そんなデメリットを差し引いても持っておく価値のあるアイテムだと俺は思っている。ギルドマンならなおさら、パーティーの誰か一人は持っておくべき物だろう。この世界じゃ討伐《とうばつ》任務にヒーラーがついてくることなんてないし、森の中で怪我をしても救急車は来てくれないのだ。ポーション一個が誰かの命を繋《つな》ぐかもしれない。そう考えたら、常に持ち歩きたくもなるだろう？

まぁ、それでもやっぱ高いんだけどな。ギルドマンも「ポーションはあった方が良い」とは言うものの、それを用立てられるような奴《やつ》は決して多くない。シルバー以上でも常備してる奴はそんなに多くないんじゃねえかな、高いし。いざ怪我をしても門まで辿《たど》り着《つ》ければどうにかなるって考えの奴が大多数だろう。

しかし、俺はそんな高価なポーションを常に一個だけ携帯している優良ギルドマンである。確かにポーションは高いし交換も面倒ではあるが、持ってる時の安心感がエグいからな。手放したいとは全く思えないぜ。俺自身が怪我を負うことはほとんどないにせよ、他の誰かが怪我をするって場合もあるからな。俺の持つポーションは、主にそういう時のためのアイテムなのだ。


「こんちはー。カスパルさんいますか?」

「ええ、はいはい。いますよ……おや、モングレルさんではないですか。珍しいですね」

「はい。このポーションの期限がそろそろでしたんで、交換をと思いましてね」

その日、俺はヒーラーのカスパルさんが勤める診療所を訪れていた。カスパルさんは〝レゴール警備部隊〟所属の老年ギルドマンだが、一つの診療所を受け持つ立派なお医者さんである。ランクこそブロンズだが、街での重要度はそんな枠に収まらないお人だ。

「ポーションの交換ですね、ええわかりました……期限半年のポーションがありますので、そちらと交換致しましょうかね」

「助かります。あ、瓶はこれで」

「はいはい。おや、綺麗《きれい》に保管されてましたね」

「ははは。使う機会がなかっただけっすよ」

【第二十八話　ポーションの定期交換】

　使用期限のあるポーションだが、そこはそれ、異世界なりに工夫して使われている。俺が今持ってきたポーションはあと一ヶ月ほどで期限切れになる物だが、それを診療所などに持ち込むことにより、ちょっとの金銭を支払うことで期限長めのポーションに交換してもらえるのである。感覚的には配置薬に近いかもしれないな。

「我々のような診療所では、ポーションを併用する治療も度々ありますからねぇ……モングレルさんのようにこまめに交換しに来てくれる方は助かりますよ。期限が過ぎてどうにもならなくなったポーションを抱える人も多いですからね……」

「もったいねえ。せっかく作った薬なんだから、使わなきゃだ」

「ええ、まさに。……はい、こちらが新しい薬になります。大事に保管してください」

「ありがとうございます」

　ポーションの瓶には封がされているので、使用・未使用の判別は簡単だ。少しでも封を解いていたら当然であるがこうやって交換してもらうことはできない。まるごと買い直しだ。まあ、瓶の買い取りくらいだったらやってもらえるかもしれないけどな。

「今日は珍しく忙しくなさそうですね、カスパルさん」

「ふふふ……ええ、ユークス君も休みに出ていますが、久々に平和なものですよ。午前に三人ほど診ただけで終わりでしたからねぇ……」

　診療所には他に手伝いをやってる若い子が荷物の整理をしているくらいで、慌ただしい様子もない。カスパルさんがのほほんとお茶をしばけているのは結構レアだ。

「最近、怪我はないですか。前にモングレルさんが包帯を巻いていたという話を聞いて心配だったのですが……」

「あー……それはまぁ、全然大丈夫なやつだったんで……」

「そういう時にこそ、ポーションを使い渋ってはいけませんよ。商売として言うわけではありませんが、些細《ささい》な傷から大病に……なんてことも多いですからねぇ」

「ははは……気をつけます」

包帯っていうと、俺がシルバーウルフの皮を納品した時に巻いてた包帯だな。半分以上演技で巻いてたからあれは怪我でもなんでもないんだが……失敗だったなぁ、本当に。中二病ファッションの一言で済まない混乱を生み出しすぎた気がする。そういう嘘《うそ》は良くないよな……。

「すみませぇん！　工事中の怪我で……！　親方が、二階の高さから落ちちまって……！」

のんびりカスパルさんと話していると、どうやら急患がやってきたらしい。入り口の方から騒がしい声が聞こえてきた。

「んじゃ、そろそろカスパルさんも忙しそうなんで俺はこのくらいで」

「ええ。……ああいや、どうでしょうか。モングレルさん、せっかくですから一度、治療の様子を見てみてはいかがでしょう」

「えっ、そんなもん見ても良いんです？」

【第二十八話　ポーションの定期交換】

「良ければちょっとしたお手伝いをしていただけると助かるのですが……お茶とお茶菓子《ちゃがし》であれば、ごちそうしますよ」

「……お茶菓子と聞いたら、断る理由はないな。任せてくれ、カスパルさん。ヒールは使えないが、力仕事があれば任せてくれよ」

「ふっふっふ、頼もしいですねぇ……」

受付の方で何やらガヤガヤと話があり、ややあって複数人の男が診察室に入ってきた。いかにも現場仕事をやっていますという風なムキムキな男たち三人で、そのうちの一番気難しそうな顔をした兄《にい》ちゃんが片足を酷《ひど》く怪我しているようだった。親方と呼ばれていたわりには随分と若い。

……てかあれだな。見ただけでわかるけど、ものの見事に折れてるわ。二階から落ちて……うえー、嫌だ嫌だ。骨折は想像するだけでもしんどいぜ。

「今日はどうされましたか」

「どうもこうも、見ての通りだ……二階から落ちて、下の木材を踏み誤って、こうだ。……折れてるのはわかってる。ヒールでも良い。高くついても構わない。治してくれねぇか。仕事を止めるわけにはいかねえんだ」

「ええ、派手に折れているようですねぇ……その他に怪我などはありませんか？　一箇所の痛みのせいで、他の痛みを忘れているということもありますので」

そう言われるとどうだろうという感じで、怪我をした男とその仲間の二人はぼそぼそと相談し合った。背中はどんな感じだだの、腕はどうだだの、しっかり確かめているらしい。

「……モングレルさん、あちらの水桶《みずおけ》をお願いできますか。中庭の井戸から汲《く》んで、凹《くぼ》みのところまで入れていただければ良いので……」

「はいよ、任せといてください」

俺が中庭でサッと水汲《みずく》みしている間に、診察室には患者とカスパルさんだけが残されていた。付き添いの二人は受付前で待っているようだ。

「……骨をくっつけてもらえたら、この後すぐにでも仕事に戻りてえんだが」

「いけませんねぇ。ヒールでもポーションでも、万能ではありませんから……くっつきはしても、すぐに元々の強度に戻るわけではありません。数日間は、お大事にしてもらわねばならないでしょう」

「そんな……今が一番忙しい時期なんだ。どうにかならねぇか……」

「少し重い物を抱えて歩いただけでも、負荷となってしまいます。それに……」

「いっ⁉」

カスパルさんが患部を押さえると、男は呻《うめ》き声を上げた。

「折れ方が不味《まず》いですねぇ……ヒールをかけた後も、万全にはならない傷です。今回だけでなく、何度か来ていただく必要があります」

「そっ、そいつは困る！」

「……なぁ、俺は部外者だが、さっきから気になってるんだが。どうしてそんな怪我を押してでも仕事に戻りたいんだ？」

「今回は大事な仕事なんだ。……俺にしかできねえ作業があって、他人に任せられん。だが、俺が出られないんじゃ現場が止まっちまう。そいつは不味いんだ。王都から招いている技術者たちの生活費も馬鹿にならない」

　どうやらこの男の務める……というか経営している建設会社はそこそこの規模らしく、今やっている仕事もかなり大掛かりなものなのだそうだ。詳しい話はしなかったが貴族街での作業らしく、まぁだったらそりゃ失敗できない仕事だわなって感じだ。

「……なあヒーラーさん。治療費くらいならどうにかできるんだ。すぐに完璧に治す方法はないのか。……痛みがあっても我慢する」

　男の真剣な眼差《まなざ》しを受けて、カスパルさんは難しい顔をした。

「……荒療治ならば一応、方法はないこともないですが」

「本当か⁉」

「カスパルさん、それって軍医が使うやつかい？」

「お詳しいですね、モングレルさん。……ええ、当院でも痛み止めはありますしできますが……完全に痛みを消し去れる類いのものではありません。治療には痛みを伴いますよ」

　この世界基準の痛いはマジで痛い。あんまり想像したくないレベルだ。

　だが当事者である男はカスパルさんの提案を正面から受け止めるしかない。しばらくの間考え込んでいた男は……やがて決心したように頷《うなず》いた。

「……金は、どれくらい必要かな」

「……何度か通院して自然に治すよりも、やや高めといったところですねぇ」

「わかった、払うよ。……やってくれ。いや、やってください」

「ええ、わかりました。最善を尽くしましょう」

うわー。痛くても、高くついてもすぐに治したいのか。相当な覚悟がなきゃできないぞ、それは……。

「モングレルさん、よろしければお手伝いしていただけませんか」

「えっ。……良いですけど、俺なんかで良いんですかね」

「ユークス君がいれば良かったのですが、男手がありませんとね……それに、モングレルさんも色々とお詳しいでしょう。以前見させていただいた処置の仕方は未だに……」

「ははは……わ、わかりました。じゃあ勉強がてら、お手伝いさせてください」

なんだか妙にカスパルさんに気に入られているが、治療の現場を見せてもらうことになった。異世界風荒療治。しかも本職のとなると、なかなか直に見られるもんじゃないな。

準備はすぐに行われた。俺が持ってきた湯を沸かして、男の患部やその周囲を可能な限り綺麗にする。カスパルさんはこれを見越して水を汲んでくれと言ったのだろうか？　治療にあたってかなりの量のお湯を使うそうなので、ひょっとするともう一杯汲んでくる必要があるかもしれない。

男の身体を綺麗にした後は、鎮痛薬と鎮静剤が一緒になったような薬を飲んでもらう。麻酔みたいなものだ。当然、こういった薬の取り扱いも資格が必要で、ポーション以上に管理が厳格である。

とはいえ前世の麻酔ほど強力ではなく、完全に痛覚を消せるようなものではないそうだ。だから患者には悪いが、鎮静剤で動きを鈍くした上でしっかりと身体を拘束《こうそく》させてもらうことになっている。

「じゃあ、固定していくからな」

「あ、ああ……思い切りやってくれ」

覚悟を決めた顔の男の手足を革ベルトで台に拘束していく。万が一痛みで暴れるようなことがあってはいけないからだ。わかってはいるが、気分は拷問官か何かである。

「大怪我《おおけが》の際以外に、野戦病院でも行われる骨折の治療法です。簡単に言えば……皮膚を切り開き、内部に集中してヒール及びポーションによる治療を行い、後から傷口を閉じ、同じくヒールによって治療する方法です」

そう。ヒールという即効性のある治療法があるが故に、この世界では外科的な治療が盛んだ。切って開いてヒールして、閉じてヒールする。技能を持つ人間さえいれば、症状によっては前世よりもずっと質の高い治療を受けられるかもしれない。

だが残念なことに麻酔技術がそこに追いついていない。治るのは良いとしても、治療を受ける方にとっては一大決心が必要である。

そして俺の役目はというと……いざという時のため、この患者を押さえておく係だ。見学させてもらえるとは聞いたが、あまりにも特等席が過ぎるぜ……。

「……薬が効いてきましたね。では、消毒して……穿孔薬《せんこうやく》を入れます」

カスパルさんの治療の手際はとても良い。普段の激務の時なんかはプルプル小刻みに震えていることも多いが、こういう場では両手が精密機械のようにサッと動いてビッと止まる。少し高めの手術台の上に固定した脚に針が刺さり、薬剤が注入されていく。注射器っぽい器具だが、針は消毒して使い回すタイプのものだろう。針の太さも髪の毛と同じとかそういうレベルじゃなく太いし、これだけでも大人が泣くレベルの痛みがありそうなやつである。

「貴族街の建設なんてすげえ仕事だな。頑張れよ」

俺の言葉に、厚手のタオルを噛《か》んだ男はぼんやりした顔で頷いた。

「……導入よし。切開します」

「……ッ！」

輸血なし。麻酔ショボい。そんな世界で医者が身に付けるべき技能は、とにかく速さだった。細いメスで手早く患部を切り開き、すぐに鉗子《かんし》で固定。傷口から骨折箇所を見つけると、それを見ながら調整して……いたたた、見てるだけで痛くなる。

「……ッ、ッ！」

男はよく我慢した。ギリギリまで多く入れた薬のおかげでもあるのだろうが、痛みに対して俺でなくても押さえられるくらいの抵抗しか見せなかったのだから、我慢強いと讃《たた》えるしかない。カスパルさん、傷口で色々やったのに……すげぇわホントに。

「〝聖なる治癒《フルクス・ヒール》〟」

内部に治療魔法をかけたら、すぐに消毒系の薬をぶっかけて、今度は切開部位を閉じていく。前世だったら縫合《ほうごう》するために糸を使うし、この世界でもそういう治療はするが、今回のような手術の場合は傷口を仮止めするための曲がったまち針みたいなやつとか、ステープルの針のようなものをぶっ刺して固定してからヒールをかけるらしい。なるほど、たしかに糸は自然治癒まで傷口を固定しておくものだが、ヒールで完全に治しきる場合は一時的に留めておければ良いんだもんな。だったらこういうやり方にもなってくるか……。

「モングレルさんが今日届けてくださったポーション、早速の出番ですね」

そしてヒールの魔力消費を抑えるために、傷口にはポーションも併用していく。消毒薬としての効果もあるポーションは忙しい手術中にもぴったりの道具なのだった。そりゃまぁ、高価なわけだよな。


全ての治療が終わるのはあっという間だった。切開部位も痕なく綺麗に治り、一番酷いのは痛み止めで朦朧《もうろう》としていることくらいのものである。それも解毒薬を飲みつつ一時間もすれば元通りらしい。一時間って。親知らずの麻酔でももうちょっと長く麻痺《まひ》残るぞ。

「……ありがとうございます。……動かしても？」

「ええ、しっかりくっついたと思います。もちろん、無理な負荷は掛けないようにお願いしますよ。また折れてしまっては、もう一度痛い思いをするのですからねぇ」

患者にとってはあまり冗談になってない黒い冗談に、若い親方は苦笑いした。

「……親父《おやじ》から会社を継いだばっかでしてね。ようやく皆からも認められて……今が大事な時期なんです。身銭を切っても、痛い思いをしても、今回の仕事は成功させたい……ヒーラーさん。本当に、ありがとうございました」

「ふふ、それが我々の仕事ですから」

「お大事に」

「ああ。あんたも、ありがとう」

深々と頭を下げて、男は診察室から出ていった。……治療費の支払いは庶民にとっては目ん玉の飛び出るような額になるだろうが、勢いのある建設会社のようだし大丈夫だろう。

それにしても、とんでもない治療風景を見させてもらっちまったな。前世だったら滅菌装備でもないのに外科治療の現場になんていられないだろうが、この世界ならではだ。

「お疲れ様です、カスパルさん」

「いえいえ、簡単な治療ですよ。モングレルさんも、ありがとうございます。患者の方も非常に大人しくて助かりました。たまに力の強い患者さんなどは、押さえが利かない場合もありますからねぇ……」

現場仕事をやってる中でも身体強化を使える患者なんかだと、確かに押さえが利かないなんてこともありそうだよな。拘束具も冗談抜きに頑丈《がんじょう》な金属製にする必要があるだろう。……今回俺が手伝いを頼まれたのも、わりと切実にパワーのある男手が欲しかったという理由があるのかもしれない。

「父から子へと仕事を継ぎ……子が信念を持って仕事に取り組んでくれる。親にとっては、これ以上ない幸せでしょうなぁ」

「……俺は親でもないですけど、やっぱそういうもんなんですかね」

「ええ、そういうものですよ。……モングレルさんにも、いつかわかる日が来るのかも」

「ははは、俺にはどうっすかねぇ」

カスパルさんはその後、お茶請けに豪華なお菓子を用意してくれた。

なんとケンさんの店のお菓子だった。超美味《うま》かった。

第二十九話　アラサーが三十路になった話

ハルペリア王国は伝統として、誕生日ではなく誕生月を祝う。

例えば七月十一日に生まれた人がいたとすれば、その人は七月生まれとして月の頭に祝われるって感じだ。その月に生まれた人をまとめて誕生祭で祝うのだが……まぁ、なんというかそこまで盛大には祝わない。神殿に集まって厳かっぽい儀式をやって、それで終わり。まぁ結構シンプルだ。

神殿がそんなお行儀の良い感じだからか、家庭では個別に祝うことも多い。小さな子供の誕生月とか、成人祝いの時とか……そういう節目を祝うのだが……それ以外の誕生月だと、結構ドライというか、淡泊な扱いをされがちな気がする。誕生祭に行かないってのもまぁまぁよくある話だ。

小麦粉を練って作ったお団子を食べたりするような伝統的な風習もあるらしいんだが、やるかどうかは家によるって感じかね。多分だが、それぞれの家でそれぞれちょっとしたごちそうを食っておしまいって感じだと思う。これがギルドマンになるとさらに無頓着で、歳《とし》食った奴《やつ》なんかは自分の歳も覚えていないことだってある。まあ、酒飲める年齢を超えたら歳をあまり気にしなくなるってのは……わかるっちゃわかるけども。

それでも、さすがに二十とか三十とか四十とか、大台に乗るタイミングになると祝ったりすることは多い。かくいう俺、モングレルもその一人だ。

七月生まれの俺。月が変わったこの日、俺は三十歳になりましたとさ。


「ようこそモングレル、真のおっさんの世界へ」

「バルガーがここ数日で一番嬉《うれ》しそうな顔してるんだが。なんだこいつ」

「さあ……モングレルさんが年老いたのを嬉しく思ってるんじゃないですか？」

「年老いたとか言うなよアレックス……老いてはいるけどな……お前もそのうちこうなっちまうんだぜ？　へへへ……」

「そうだぞぉ。人間誰しも老いるんだ……次はアレックスの番だなぁ。二十代なんてあっという間だぞぉ？　グッヒッヒ……」

「人生の嫌な見本だ……」

今日はバルガーとアレックスと一緒に、森の恵み亭で俺の誕生会だ。まぁ、誕生会にかこつけた普通の飲み会なんだけどな。野郎の三十路《みそじ》なんかまともに祝うもんでもねえよ。

しかしここには四十代、三十代、二十代が揃《そろ》っていることになるわけか……確かに、人生の見本としては嫌な部類だな。特に最終形がバルガーってのがあまりにも悲惨《ひさん》すぎる。

「まあしかし、モングレルが三十を迎えたってのは素直に嬉しいもんだぜ。俺たちみたいなギルドマンは、早死にする奴も珍しくはねえからな」

「……ですね。任務中に大きな失敗をすれば、簡単に死んでしまいますから。その点、いつも馬鹿みた……軽装で任務に臨んでいるモングレルさんが無事に現役を続けられているのは、すごいことだと思いますよ」

「今なんか馬鹿みたいとか言いそうになってなかったか？」

「知ってるかアレックス。こいつ多分重装備になっても馬鹿っぽい格好になるぞ」

「えっ、そうなんですか」

「この前こいつがギルドに変なヘルムを持ってきてな……」

「あってめぇ！　あの時俺のヘルムを褒めてただろバルガー！」

「部分的に格好《かっこ》良《よ》さは認めるけどよ、角とか……けど持ってみたらクソほど重くてそれどころじゃなかったぜ。斧《おの》いらねえだろ」

「重いのは気合でどうにかなるんだよ」

「それ、本当にヘルムの話してます……？」

三十歳。かといって、話す内容が変化するわけでもない。男はいくつになっても少年の心を忘れないのだ。俺たちの会話のレベルが低いだけとも言う。

「しかしモングレルさんも、色々と装備を持っている割には普段使いしている武器は変わりませんよね。いつものバスタードソード」

「本当それなぁ。こいつバスタードソードからずっと変わってねえの。ロングソードでも

【第二十九話　アラサーが三十路になった話】

グレートシミターでも使えるだろお前」

「俺は剣を背負うタイプの剣士が嫌いなんだよ。剣士っつったら腰に提げるもんよ」

「どこの先入観ですかそれは……むしろ普通は背中ですよ」

「だよなぁ？」

「良いんだよこれで。俺はこいつさえあればハルペリアで最強の男だからな」

「また言ってる……あ、串焼き来ましたよ」

「おっ、美味《うま》そうだな。よーし……じゃ、もう一度モングレルに、乾杯！」

「何度目だよそれ」


ケーキもないし誕生日プレゼントもない。けどまぁ、ささやかでも誕生月を祝ってくれる相手がいるってのは……幸せなことだよな、本当に。

逆に贈り物とかしなきゃいけない風習だったりすると、交友関係が広いと大変そうだ。そういう意味じゃ、ハルペリアのあっさりとした祝い方も悪くない。

お隣のサングレール聖王国では誕生日を祝うらしいが、向こうはどうしているんだろうかね。サングレール……。

「……あ」

「お？　どうしたモングレル」

「いや、そろそろ月見草の季節だと思ってな」

「いきなりなんですかそれは。……まあ、もう夏も本番ですからね。このくらいの時期に花が咲くんでしたっけ」

「花だぁ〜？　なんだぁモングレル。女にでも贈るのか。ん？　ライナちゃんか？」

「バルガー、そろそろ酒ストップしとけよ。……ただぼんやりと、開花時期だなと思っただけだ。深い意味はないぜ」

「なんだよそれぇ。お前さっさとしろよぉ」

「バルガーさんだいぶ酔ってますね……」

「あ。花と酒といえばあれを思い出した。サボテンの花を塩漬けにしたつまみ。前に市場にちょっとだけ流れてきてよ。あれがさっぱりした味で結構美味かったんだよな。酒も結構進むような塩加減でな。なかなか悪くなかったぞ」

「ええ、花を食べるんですか」

「おいおい、花なんて食って美味いのかぁ？」

「あのなぁ……アレックスもバルガーも、飯は色々食ってみるもんだぜ。人生が長いか短いかなんてわからねえんだから、死ぬまでの間にせめて色々食っておかなきゃ損だろ」

俺がそう言うと、赤ら顔の二人は互いに顔を見合わせた。

「……こいつのこういうところ、ジジイ臭いよなぁ」

「ですね。たまに説教臭くなるところはもう五十代って感じがします」

「ごっ……お前ら！　今日くらい俺を三十歳として祝えや！」

「はっはっは！　モングレルは俺の先を行くおっさんだったか！」

いつもの飲み屋でいつもの馬鹿話。

こんな日々がいつまでも続けばいいのに……とまではあまり思わないが、人生なるべく健やかに過ごし、長生きして……ちょくちょくこんな馬鹿をやっていたいもんである。

そのためにもまずバルガー、酒のおかわりをもうやめておけ。今日それ何杯目だよ。

「いやぁ、めでてぇなぁ……モングレルも三十か……」

「……ったく、誰目線だよコイツは」

「ははは。まあでも、今日くらい良いんじゃないですか」

「じゃあバルガーが潰れたらお前が背負って持って帰れよ、アレックス」

「え、それは嫌です」

……やっぱりちょくちょくで良いな。こいつらとの飲み会は……。

第三十話　シュトルーベの亡霊

BASTARD・SWORDS-MAN

夏が来た。街を歩く人々は本格的に薄着になり、恥ずかしげもなく街を歩いている。ファンタジー世界の人間がやけに露出度が高いのは理に適《かな》っていた……？　まぁただそういう文化ってだけなんだろうけども。

男ならまだしも、女まで特に羞恥心《しゅうちしん》もなくそんな調子だ。生足ヘソ出し肩出しを平気でやりおる。眼福といえば眼福だ。しかしムダ毛が見えてるとありがたみが薄いな。ちゃんと処理してほしいもんだぜ。俺は生まれる世界を間違えたのかもしれんな……。

俺もこの季節ばかりは装備を変えて、薄手の服を着るようにしている。通気性の良いレザーとかいうミラクルな素材もあるんだが、普通に布の服一枚だ。パッと見た感じ半袖のシャツ。ゴワゴワな材質も相まってアロハシャツっぽいかもな。そんな地味な男が安売り品のバスタードソードを一本持って任務に臨むわけだ。初期アバ冒険者の爆誕である。剣がなかったらマジでただの一般人にしか見えないだろう。

しかし、ここまでやっても背嚢《はいのう》を背負った時とかはどうしようもなく蒸れる。蒸れ防止にメッシュ状の背中パッドでも作ろうかと思ったが、毎回そこまでいかずに断念している。

俺一人にできる工作なんてたかが知れてるからな……。

「大麦の収穫手伝い、今年は随分とまた多いなぁ」

「はい。ビールやウイスキーの増産により作付けも増えましたからね。年々少しずつ増えていましたが、来年はさらに忙しくなると思いますよ」

「小麦収穫の時みたいに、ギルドマンを護衛に駆り出したりとかするのかね？　ミレーヌさんは何か聞いてる？」

「うーん、我々の方でも先のことはまだ……それでもさすがに護衛依頼の数が多くなってきたので、来年以降はあり得る話かもしれませんね」

「そっかぁー」

大麦の収穫も今がシーズンだ。収穫の手伝いやその護衛の依頼も結構多い。ブロンズにとっては稼ぎ時かもしれんが、タラタラした遠征がめんどい俺としてはちょっと微妙なところだな。他の依頼も特に目ぼしいものはない。今の季節はクレイジーボアも不味《まず》いし……となると、しばらくギルドマンをお休みってことにしても良さそうだな。

「よし決めた。ミレーヌさん、俺何日か野営に出るから。自由討伐《とうばつ》はまぁ、気が向いたらやる感じで」

「野営ですか。目安はどれほどでしょう？」

「七日ほど見てくれ」

「随分と長いですね？　ああ、モングレルさんはこの時期はいつもそうでしたっけ」

「夏は夜営しても凍え死ぬことはないからな。のんびり外で過ごすには丁度いい季節なんだよ。外で燻製《くんせい》を作るのも良いもんだよ、ミレーヌさん」

「ふふふ、そうですか」

そんな男のロマンにはあまり興味がないのか、ミレーヌさんは適当な愛想笑いで流した。悲しいぜ。

しかし問題なく自由討伐の許可は出た。この期間中は街の外にいても不審者扱いはされないし、そう思われないだけの信用も俺にはある。

七日間の野営。まぁそういうのも悪くはない。俺の好みだ。

けど今回俺がやるのはそういう遊びではなく……ちょっとした里帰りだった。


東門から出てシャルル街道を通り、バロアの森に入っていく。世間的にはここで一週間過ごす事になっているが、俺はそれを無視してさらに東へと進んでゆく。

身体強化を込めた走り全振りの体勢で、木々の合間を縫うように走る。今日は背中に色々と荷物を背負っているので重かったが、それでも俺の体力を圧迫するほどではない。誰も見ていないのをいいことに、悪路をガンガン突き進む。寄り道したとしても、道中で月見草をいくつかプチプチと採取するくらいだな。

やがてエルミート男爵領の端っこに入る。ここらへんになるともう俺はお客様というか

第三十話　シュトルーべの亡霊

誰だこいつって扱いになり得るので、なるべく見つからないように森深いルートを通る。

こんな森だが迷うことはない。お手製の方位磁石を持ってきてるからな。ただこいつ、この世界の磁力の特性なのかなんなのか、北を示すわけではないので少し厄介《やっかい》なんだよな。多分だけど魔大陸側を示している。原理は謎だ。そのせいでちょっと見辛《みづら》いんだが、東を示した時の針の形さえ覚えておけばあまり問題はない。

「あ、こんちはー」

「グゲッ」

登山中はすれ違うゴブリンにちゃんと挨拶代わりのバスタードソードを叩き込んでおくことも忘れてはいけない。エルミート男爵は村でのこともあって別に好きじゃないが……まぁギルドマンの嗜《たしな》みってことで。この駆除はサービスだぜ。

ここまでガンガン走っても目的地には着かない。暗い中を走っても危ないし怖いだけなので、その日はさっさとテントを設営して眠った。魔物除けのお香を焚《た》きつつ虫除けの煙も併用してたのだが、この季節は虫が多くて大変だ。寝苦しいわ鬱陶しいわ……。

さらに夜中、一度ゴブリンが鳴子に引っかかってうるせぇ声を上げて俺を叩き起こしてきやがったので、静かにさせてやった。鼻は削《そ》がない、汚いので。

結局寝心地《ねごこち》はあまりよくなかった。秋とか冬の方が野営はやりやすいな……個人的には……。

早朝、うっすらと明るくなってからすぐに出発。川で水筒の水を補充して、再び森をズンズン突き進む。そうして進んでいくと道なき道は更に険しくなり、高低差の激しい地形になってきた。ここまでくるとラトレイユ連峰の端っこに入ったところだろう。

山登りしながら走るのは流石《さすが》にしんどいので、街道に出ないよう注意しつつ林などで身を隠しながら東へ。

その日も適当な水辺の近くで野営だ。飯は持ってこなかったので、設営中に襲いかかってきたハルパーフェレットを三匹ほど叩き殺し、焼いて食うことにした。しかしこのハルパーフェレット、肉食の魔物なせいかクソ不味い。

ハルパーフェレットはイタチに似た魔物で、尻尾《しっぽ》が太く長く、尻尾側面に鱗《うろこ》のようなギザギザした硬い角質を持ち、それを振り回したり叩きつけたりして獲物を斬りつけるという独特な攻撃手段を持つ。身体は猫サイズだが大きな人間や魔物相手にも怯《ひる》むことがなく、果敢に襲い掛かる凶暴な連中だ。毛皮はそこそこ高く売れるんだが……肉が壊滅的に不味すぎる。他の獲物を探して狩っておくべきだったかもしれん。

結局この日は腹八分目すら届かない程度の食事で済ませ、さっさと就寝した。肉はほぼ食い切れず、大分残してしまった。許せイタチ……。


「腹減ったなぁ」

翌日は再びトレイルランニングだ。

【第三十話　シュトルーベの亡霊】

とはいえここまで東進すると辺境も辺境、サングレール聖王国との国境に近くなるので、主要な集落は減って軍事拠点が多くなってくる。その軍事拠点も街道の見張りをやってる小さな砦《とりで》くらいなもので、森を通れば大した問題にはならない。

そして俺の目的地が近くなると、そんな砦さえも少なくなってくる。

「あー、やっと着いた……はぁ、はぁ……疲れた……」

俺はシュトルーベ開拓村に到着した。

いや、今はもう村じゃないか。ここはシュトルーベ開拓村があった場所。その廃墟《はいきょ》に過ぎない。

ここが俺の生まれた土地。国に見捨てられ、敵に滅ぼされた故郷だ。

「年々自然に飲まれていくなぁ……あと二、三年もせずに森に飲まれるんじゃねーの、これ」

廃村というとカラッカラに乾いた荒野に煉瓦《れんが》が散らばっている風景を想像する人が多いかもしれないが、ここシュトルーベは自然を切り拓いて作った場所なので、荒野みたいにカラカラになることはない。踏み固められた土の道も、砂利道も、全て雑草に覆われるだけだ。これを更に放置するとやがて小さな木も生えてくるんだろうが、それにはまだもうちょっとかかるだろうな。今はまだ草ボーボーの空き地ってところである。

「えーと、見張り台はあれで……風車君ｍｋ２が向こうで……俺んちはあそこか。……うわ、魔物の寝床にでもされたかな。去年より酷《ひで》えや」

廃村の資材は、大体が攻め滅ぼされた時に奪われている。家を作る板材や柱、金物、そういったものは大体根こそぎだな。残っているのは建物の基礎部分と、略奪するのが面倒で手をつけられることのなかった部分くらいだ。その中でも俺の暮らしていた家は基礎をしっかり作っていたので、まだ村全体を見ても形を残している方だろう。……石造りの基礎に倒壊した屋根だけの構造物ではあるが。

まぁ、小さな獣や魔物は住み着く余地はあるが、野盗が拠点とするにはちとワイルドすぎる状態。ある意味このくらいの人が来ない環境の方が、俺にとってはありがたい。

こうして毎年、気兼ねなく両親の墓参りに来られるわけだしな。

「おーい、来てやったぞ。父《とう》さん、母《かあ》さん」

家の裏側に置かれた大きな墓石。ただの高い石を二つ並べただけのそれが、俺の両親の墓標だ。この下に二人が眠っている。仲良くかどうかはわからん。ラブラブな時も多かったが、結構喧嘩《けんか》もしてた二人だからな。俺がいないと仲が拗《こじ》れる事が多かったから、今はどうしているんだか。子はカスガイって言うが、前世補正がなかったら普通にギスギスしてた家庭になってたと思う。良くも悪くも若いカップルだったんだ。

「花を持ってきてやったぞ。月見草を枯らさなかったんだ、感謝してくれよな」

俺は父さんの墓標に月見草を、母さんの墓標にそこらへんで摘んだタンポポの花を供えてやった。線香の文化はない世界だが、なんとなく魔物除けのお香を焚《た》いてそれっぽくし

てみた。雰囲気出るやん……ちょっともったいないけど。

「二人の年齢を越して、もう俺が歳上だからな。変な感じだよなぁ、俺まだ三十だぜ？……っいや、まだというよりはもう三十なんだよな……やべぇよな。こんなクッソ暇な世界なのに年月が流れるの早すぎだよ」

前世では、全く霊とかそういうのは信じてなかった。今でも俺は科学の方を信用してる。……が、何より俺自身が転生するとかいうミラクルを起こしちまったからなぁ。

アンデッドもいる世界だ。正直こうして墓の前で話す時も、なんとなーく墓石の裏側に二人がいそうな気がしてならない。そう思いたいだけなのかもしれないが。

「本当は墓石にウイスキーでもぶっかけて二人に自慢してやろうと思ったんだがな。売ってねぇんだよどこにも。また貴族に奪われてるのかね。ムカつくよなぁ本当に。まぁ、だからそれは来年の楽しみにとっておいてもらえるか？　来年になれば多分一本くらいは手に入ると思うからな」

バスタードソードを抜き放ち、墓石周りの草を刈る。夏だからボーボーだわ。昔は草刈りもやり甲斐《がい》のある仕事だったんだが、もうこの草を小さな手作りコンポスト君にぶち込むことはない。そこらに放置だ。

「去年話した後輩と釣りに行ったよ。魚があまりいないからエビとかカニだけどさ。やっぱり水辺は良いよな。ここの貯水池も……今は土砂で埋まってるんだったか。まあ、あれだ。こっちは近くに大きな川もあるし、多分やってれば何か釣れると思う。それが今のところ、俺の楽しみにしてることかな」

一通り草刈りしたら、廃墟と化したマイホームに絡まるツタを引き剝がす作業だ。

「知り合いも後輩も増えたよ。レゴール伯爵《はくしゃく》領は良いところだぜ。人がどんどん増える割に治安が良いからな。貴族は全員死ねって前言ったけどあれは本格的に取り消さなきゃいけないかもしれん。中にはまぁ、そこそこ良い奴《やつ》もいる。当たり前なんだけどな。一例を実感するってのはでけーよ、やっぱ」

ふう、野良仕事《のらしごと》終わり。

「後は何か話すことあったっけ……」

会話のキャッチボールなしだと、結構きついな。

葬儀場の棺で眠る前世の親父《おやじ》を思い出すな。あの時もどう声を掛ければ良いのか迷ったもんだ。こっちが勝手に喋《しゃべ》ってればいいだけなのにな。

「……まぁなんだ。孫の顔は見せてやれるかアレだが、長生きはするぜ、俺はよ」

大荷物から装備品を取り出し、身に着けてゆく。

ああ、夏だとあっちぃなこれ……直射日光に当ててないのに……。

「だから心配せずに死んでてくれ。別世界に転生するのも良いぞ、この世界でゴーストとして彷徨《さまよ》われると俺が間違ってぶっ殺しちまうかもしれないからな。できれば他所に行っててくれ。ああ、神様から貰うチートスキルは鑑定かアイテムボックスがおすすめだぜ。どっちかがあれば生きていけるからな。選ぶ機会があれば覚えといてくれ」

ぐるぐる巻きにした布を剝がし、兜《かぶと》を露にする。それも装着。うーん、こっちはひんやり気味。野外で活動していたらどうせ蒸し暑くなるんだろうけど、今は天国だ。

「……じゃ、村の周りを少し掃除したら帰るから。またな」

完全装備を身に纏《まと》い、俺は村の中央へと歩を進めた。

ここシュトルーべは既にサングレール領。だが、連中は占領し終えた後もこの村に居を構えるということはない。

何故《なぜ》か。

俺が毎年、この村や、村の周りにいるサングレールの軍事施設を襲っているからだ。

ハルペリアは知る由もないことだが、サングレールの奴らはもう二十年近くずっと恐れ続けている。

この地に現れる、人か魔物かもわからない、〝シュトルーベの亡霊〟を。

「〝蝕《イクリプス》〟」

俺はギフトを発動し、毎年恒例の哨戒《しょうかい》活動を始めた。

結果から言えば、今年は作りかけの無人の砦を一つぶっ壊すだけで終わった。

平和で大変よろしい。来年は建築もやめてくれると助かるね。

第三十一話　帰宅と次の遠征計画

BASTARD・SWORDS-MAN

　レゴールに戻ってくると、空に向かって大あくびしていた門番が「おう」とやる気なさげに出迎えてくれた。

「ん？　モングレルは七日も外にいたのか？」

「ああ。奥の方で色々取って食ってを繰り返してたよ。見ての通り、獲物はほとんど毛皮ばっかりだ。食えるもんは全部食っちまったよ」

「おー、肉かと思ったぜ。その膨らんでるの全部毛皮かぁ」

「食えるもんじゃなくて悪いね。ハルパーフェレットのジャーキーなら作ったけどいる？」

「不味《まず》いやつだろそれは。いらねえよ、さっさと通れ！」

「へーい」

　処理場で毛皮を預け、なめし料を支払う。何の処理もしてない毛皮を持って帰ってきただけでは金にならないのだ。皮なめしの代金を払って出来上がった物をどうにかして、そこでようやく俺の収入になってくれる。

今回はハルパーフェレットの皮がまとまった数取れたから良い金になるぜ。金持ち向けの高級毛皮として需要が高いんだ。冬物の襟元とかによく使われるらしい。確かに良いかもな。


「あれ、モングレル先輩。なんか久しぶりっスね」

「ようライナ。ちょうどさっき野営から戻ってきたところだ」

宿に荷物を預けてからギルドに顔を出してみると、何やらライナが年下の男女に弓の引き方を教えているところだったらしい。いっちょ前に先輩してるなこいつも。しかし背丈が低いせいでライナの方が年下に見えてしまう。

「ええと、じゃあこれから先は、ギルドの修練場でやった方が良いスから……」

「ありがとう、ライナさん！」

「教えてくれてありがとうございました！」

「っス」

礼儀正しいガキ共だ。ああいう子たちは犯罪奴隷にならずに済みそうだな。俺の偏見だけど。

「……野営って、バロアの森に行ってたんスか？」

「おお。ゴブリン張っ倒したり、イタチを仕留めたりな。あとはだいぶ前に作りかけになってた迷惑なかまどがあったからぶっ壊して遊んだりしてたぞ」

「なんか楽しそうなことしてたんスね……」

「破壊は良いぞライナ……破壊は己の心を癒《い》やしてくれる……」

「貰《もら》えるもんなら私も破壊力のあるスキルが欲しいっスよー……」

どうやらライナは自分のスキルのことでお悩みらしい。

そういや団長のシーナから二個目のスキルが生えてくるまで昇格は禁止って言われてたらしいしな。本人としちゃ焦るところもあるんだろうか。

「おーいすいませーん、エール二つー」

「はい。ですけどそれよりモングレルさん？　先に帰還の報告が先なのでは？」

「おっとそうだった。忘れてたわ。すんませんすんません」

今回の自由討伐《とうばつ》の成果、つまり処理場で認められた討伐記録を提出し、任務は終了。張り出されている依頼ではないこういったフリーでやる討伐は、ほとんどの対象について報酬が低く設定されている。

それでもまぁないよりはマシなので貰うんだけどな。この金でエールと何か適当に買ってっつーところだよ。

お金とエールを貰ってテーブルに戻ると、ライナは小さく頭を下げた。

「ほらよ。まぁ飲め」

「あざっス」

「すげー不味いジャーキーもいいぞ」

「ええなんスかそれ……」

「ハルパーフェレットのジャーキーだ。あいつらそのまま焼いて食っても不味いしジャーキーにしても不味いんだ」

「マジっスか……どれどれ……いや普通の肉……うぇえ……」

「ほらな不味いだろ？」

「ハッキリ言ってこれは毒っスよ……」

「マジでハッキリ言うねえ」

まぁまぁ、食い物なんてどれも経験だから。味の良いものを食いたいだけなら牛と豚と鶏で終わっちまうんだから、こういうのを味わっておくのも人生は大事だぞ。

「で、スキルがなかなか習得できずに焦れてるって感じだな」

「……まぁ、はい。一応ちょくちょく外に出て鳥相手に射ってはいるんスけどね……大型の魔物とか仕留めないと駄目なんスかねぇ……」

「どうだろうな。けど時期的にはそろそろなんだろ？」

「一個目は早かったんで、そろそろのはずなんスけど」

スキルは自らの経験によって習得できるものが決まる。

剣を振るう者には剣のスキルを、弓を扱うものには弓のスキルをって具合だ。

ライナは俺みたいに装備で変な浮気《うわき》はしないし、サブウェポンだってほとんど使っていないはずだ。意識的に弓をバンバン使って狩りもしているし、次こそは補助以外のスキルが来てほしいところなんだろう。

　思春期らしく頭を抱えうーうー唸《うな》っている。真面目《まじめ》な悩みだなぁ。

「あんまり思い悩むなよ。スキルなんて数年に一度の気が長いものなんだから。アレが欲しいコレが欲しいなんて思ってたって、何年も嫌な気分で仕事するハメになっちまうぞ？」

「うう……わかってるんスけどねぇー……」

「たまには別の場所で狩りをしてみるとか、気分転換になって良いんじゃないか」

「気分転換……あ」

　ライナが顔を上げた。

「そういえば今度〝アルテミス〟で遠征に行くことになったんスよ。ドライデンの方に」

「ドライデンか。護衛任務だな」

「っス。で、そのついでに向こうのザヒア湖近辺で狩りをしようかと思ってるんス」

「湖か。涼しげで良いじゃないか」

「まぁそんな大きい湖じゃないらしいんスけどね。外から来る人が言うには」

　ザヒア湖といえばドライデンのもうちょっと奥に行ったところにある湖だな。ドライデンはそこから流れ出る水を生活用水として活用している。

　俺はそこまで行ったことはないな。

「……モングレル先輩も一緒に行かないスか。ザヒア湖」

【第三十一話　帰宅と次の遠征計画】

「んードライデンかー遠いからなー」

それに〝アルテミス〟と一緒ってのがなー。

「でも湖だし釣りとかできるっスよ」

「お」

そっか湖で釣りか。こりゃ良い。

「じゃあ行くわ」

「早っ！　心変わり早すぎじゃないスか！」

「釣りと聞いたらすかさず食らいつく。レゴール支部のブルーギル・モングレルといや俺のことよ」

「なんすかブルーギルって」

「わからん。結構前に見た怪しい魚図鑑に乗ってた気がする。針だけで釣れるらしいぞ」

「簡単な魚もいるもんスね……」

湖なら水深もあるしそこそこの魚もいるだろう。水鳥がいるなら尚更《なおさら》だ。

よしよし、良いぞ良いぞ、面白くなってきた。楽しみじゃないか、ザヒア湖。

「ライナも一緒に魚釣りしてみないか？　いくつか竿《さお》持ってくから」

「えー……またこの前みたいに疑似餌《ぎじえ》失くしちゃうと申し訳ないんスけど……」

「大丈夫大丈夫、失敗なんていくらでもするもんだ。それに今回はいくら失くしても大丈夫なくらい予備を持っていくからな。一緒に湖の主《あるじ》を釣り上げようぜ。そんで美味《うま》い魚料理食わせてやるよ」

「魚料理っスかー」

なんだその態度は。腕組んで悩んでるけど。

「ライナは魚はお好きではないと？」

「んーそんなことはないスけどねぇ……美味しいんスよ？　けど食べるのが面倒なわりに食べる場所が少ないというか……」

「そりゃ干物のせいだ。任せておけ、俺が本当に美味い魚料理を作ってやるからな」

「モングレル先輩の魚に対する情熱はどっから来るんスか……」

「ここだ」

「心臓スか」

「だいたいそんなとこだ」

まー本当は川魚じゃなくて海の魚の方が良いんだけどな。刺し身にできるし。川魚の刺し身は寄生虫が怖すぎるというかアウトだ。それでも癖のない淡白な川魚の味わいは魚初心者にはうってつけだろう。自分で釣った魚となれば美味さも格別のはずだ。

竿は新しい試作も合わせて三本あるから……もう一本はウルリカにやらせてみよう。

考えてるとなんか楽しくなってきたな。こうしちゃいられねえ。帰ったら早速釣り道具のメンテとルアーの増産をやっておかねえと……。

「……メインは私の水鳥狩りっスからねー？」

第三十一話　帰宅と次の遠征計画

「わかってるわかってる」
「本当にわかってるんスかねぇ……」

特別書き下ろし番外編　シュトルーベに溜め池を作ろう！

BASTARD・SWORDS-MAN

シュトルーベ開拓村。

エルミート男爵領の東端に存在する、小さな村だ。

いや、よそから見たら村と呼べる規模でもないんだろうな。人々が僻地《へきち》に集まって、毎日毎日ひたすら生活基盤を整えようと必死こいて……なんとか生きているだけの集落だ。

まぁ、開拓村なんてそういうものだ。どこだって最初は木々の生い茂る森だったり、荒れ地だったりする。そんな土地と根気よく向き合い続けてようやく、ちゃんとした人の生活圏になるのだから。


開拓村の存在意義は、土地の開拓。つまり、人が暮らせる環境を整えること。家どころか道すらない場所だったものを、少しずつ改善して生活基盤を整えていく……。それが開拓団の役目だ。

俺がモングレルとしてこのハルペリアに生を受けてから、およそ七年。このシュトルーベ開拓村の歴史はというと、最初の開拓団がやって来てから数えると十年ほどになるらしい。俺もまだ大概鼻垂れのガキであるが、シュトルーベ開拓村も俺の兄弟姉妹と呼べる程度には若い。そんな新興集落だった。

人が十年も暮らせばそれなりに……なるように思われるかもしれないが、この原始的な世界ではそうでもない。特にシュトルーベ開拓村のような、谷合で自然ばかりの土地で人間が生きていくためには、日々様々な労苦に耐える必要がある。僅《わず》かながらも村は地道に育っているらしいが、十年でこんなものか……と溜《た》め息《いき》が出る程度には、なんというかこう、自然に囲まれたド田舎《いなか》なのである。よく父《とう》さんは「エルミート領からの定期的な物資がなければ、開拓なんて続けられたもんじゃない」と言っているが、実際その通りだと思う。色々なものを用立ててバックアップしてくれる組織がなかったら、普通に詰む土地だ。

俺がこのクソ田舎で生まれ育って七年……。このまま十年後も似たようなショボい村のままでいてほしくはない。村が発展してあの狡賢《ずるがしこ》い村長一族の手柄にされるのは業腹《ごうはら》ではあるが、故郷は故郷だ。俺はこの土地を、ハルペリア一の都市にまで発展させたいと思っている。

「さあ、いくぜスピカ！　今日も今日とて真シュトルーベ開拓部隊の出動だ！」

「えー……モングレル、また奥まで行くのぉ……？　あと、私のことはスピカお姉ちゃんって呼びなさいよ」

「うるせぇな。一つ上なくらいでお姉さんぶるんじゃない。さあとっとと準備しろ、魔物避《よ》けのお香は持ったか？」

「もう、ちゃんと準備はしてるって！　お兄ちゃんぶらないでよ、年下のくせに！」

シュトルーベ開拓村には、俺と歳《とし》の近い少女がいる。初期の開拓団員だったメンバーが結婚して産まれた、生まれも育ちもシュトルーベというワイルドな女だ。名前をスピカという。

青のショートカットに勝ち気そうな目。生意気で負けず嫌いなお転婆娘である。編み物が得意だと自称しているが、腰の入った薪割《まきわ》りの方が多分得意だと俺は思っている。

「おばさーん、スピカ連れてくからー！」

「あー、はいよーモングレル。また見つけたらチャージディアでも獲《と》ってきておくれよー」

「うぃーっす！」

開拓村の住民はほぼ誰もが家族のようなものだ。何かあった時のために家々の距離もさほど離れてないし、物資も道具も共用としていることが多い。お互いに助け合い、譲り合いながら生きている。というより、そうしていかなきゃまともに暮らしていけないんだが。

だからまぁ、スピカとは別の家で生まれた間柄ではあるのだが、実態は兄妹に近いだろう。もちろん俺が兄貴分だ。異論は認めない。

「私は今日は縫い物やるつもりだったのに……で、どこに行くの。泉？」

「いいや、今日は近場だ。藪《やぶ》と枝を払いながら進もうぜ」

「うん、まあ、近いなら良いけど。帰りに何か持って帰りたいから、その時間も考えといて」

「わかってるって。成果なしじゃ俺も怒られるからな」

開拓村で生まれた子供は、ハイハイをやめたらすぐに親の手伝いをさせられるとまで言われている。かくいう俺も物心がついてから簡単な作業を仕込まれて、異世界言語を覚えるよりも先に開拓団の一員として働かされていたくらいだ。

俺やスピカくらいの歳にもなればもう立派な働き手であり、毎日何かしらの採取やら製作やらを求められている。まあ、体格や筋力の問題で力仕事は割り振られないんだけどな。けど俺は例外です。怪力持ってるのがバレてるので。

ただ、そんな俺でも過去に色々と村の役に立つような実績を上げているもんだから、最近ではこうして独自の動きをしてもとやかく言われなくはなった。「またモングレルが変なことをやってるが、開拓村の役に立つことだから良いか」ってな感じだ。もちろん、変なことばかりじゃなくてわかりやすい成果を持って帰るようにはしてるけどね。

「あーあ、町に行きたいな。どうして私、こんな田舎に生まれちゃったんだろ」

「おいおいどうした急に」

「だってさあ、町の人ってとってもおしゃれじゃない。シュトルーベだといつも同じ服でしょ。可愛《かわい》くないもん。嫌でしょ、そんなの」

「そうか？　洗って着回せるだけで十分だと思うけどな」

「これだからガサツな男の子は！　都会ではねぇ、もっと毎日色々な可愛い服を着てね、屋根の下で仕事して、日に焼けない綺麗《きれい》な肌でいられるのよ。なのにさ、シュトルーベはそういう仕事ってほとんどないし……」

スピカは以前親に町へ連れていってもらってからこんな感じである。シュトルーベとは比べるのもおこがましいほどの都会に脳を焼かれたらしい。この地元ディスは長くなるからいつも聞き流している。

「あ、スピカ。そっちに蜜花あるぞ」

「えっ、ほんと。やった」

しかし、いざ採取価値のある動植物を発見するとすぐさまナイフを取り出してシュパッと回収できるのだから、言ってることの割に培ってきたパラメータのほとんどは野生そのものであることがわかる。

おお、花の蜜をちゅうちゅう吸ってら。甘くて美味《うま》いよな……普段は甘味なんてほとんど食えないもんな。

「うわ、蟻《あり》噛《か》んじゃった。すっぱぁ。けどまあ、これも柑橘《かんきつ》っぽくて悪くないかも」

うーん、ワイルド。果たしてスピカ、時間を掛けたところでお前は都会に馴染《なじ》めるかな。

「よし、到着だ」

「ここ？　特に何もないけど」

「まあな。だからこそ色々試すのにちょうど良いって思ってよ」

しばらく森を歩いて辿《たど》り着《つ》いたのは、何の変哲もない空き地だ。これといった利用できそうな物もなく、村の人たちも訪れない土地。ただ、ここらの土は農作業には向かないだろうなと、狩人《かりうど》の爺《じい》さんから聞いてはいた。つまり、自由に色々やって良い場所ってことだ。

「ここにモルタルの溜め池を作ろうと思う」

「モルタル……って何よ。また変な物作ろうとしてる？」

「あー、そうだな……あれだな、安っぽい陶器みたいな感じだ。いや、レンガって言った方がいいか。そういう材質の土を使って、ここらへんに、こう……でかい穴を作るわけよ」

「溜め池……あっ、もしかしてそれで雨水を溜めておく場所を作ろうとしてるの？」

「そういうこと！　開拓村は一応生活に困らないだけの水源を確保しているが、乾季の酷《ひど》い年なんかは細いところは枯れるらしいからな。今のうちに溜め池を作っておいて、備えようってわけだ」

水は何にでも使える。逆になくなったら最も困る物だ。特に、ここシュトルーベ開拓村は少しずつ自給自足できるのを目指して農地を広げているからな。農業用水はこれからいくらあっても足りない。溜め池から水を引けるようにすれば、いざって時の役に立つはずだ。

ちなみに俺はモルタルと言ってるが、実態はコンクリなのかモルタルなのかセメントなのかよくわかっていない。色々と試してたら良い感じの素材ができたからそう呼んでるだけである。

「……モングレル、そういうことまでちゃんと考えてるのね」

「そりゃそうだ。俺はこのシュトルーベを一大都市に発展させるのが夢だからな。スピカはまぁ、いつかここを出ていくんだろうけど……」

「でっ……出ないよ！　出ないもん！」

「あれ、出ないの」

「……私も、シュトルーベをでっかい町にしてから出ていくもん」

よしよし。それでこそ我らが真シュトルーベ開拓部隊の一員だ。

まぁ、今のところ絵に描《か》いた餅《もち》だけどな。それでも少しずつやっていきましょうや。

子供にもできることがあるってのを、今のうちからドンドン証明していこうぜ。

「材料は少しずつここに集めてきたものがあるんだ。ほれ」

「わっ、なにこれレンガ？　石？　すごい」

「こいつが試作で上手《うま》くいったモルタルな。まぁ……とにかく、水に強い素材だって思ってくれればいい。原材料は……こっちが溜めまくった木灰だろ？　これがゴミ捨て場の貝殻から作った粉末。粘土。んでこっちが薪で、こっちが炭」

「いつの間にこんなに……」

「魔物を狩りながら少しずつな。あ、これ村の奴《やつ》らにはまだ内緒な。怒られるかもしんねーから。今はまだ二人だけの秘密だ」

「……う、うん。秘密！」

今でこそそれなりに役立つ物を作るガキだと認められているが、数年前までは何にもアイデアを聞き入れてもらえなかった。まあ、わからないでもないけどさ。子供が何か言っても、誰だって深くは考えないもんさ。当初はめちゃくちゃ腹立ったけど。

そして、今の俺の信用度でもまだ、大規模な事はさせてもらえないと思っている。魔物を狩れる強いガキとして重宝されてはいるが、村の多くの連中にとってはきっとそこ止まりだ。魔物を狩って肉を持ってきてくれるだけの存在を、今の俺に求めているんだろう。なんとなくわかる。

だからまあ……こうして、何かやる時はこっそりとやって、事後報告してやるのさ。へへへ。先に作っちまえばこっちのもんよ……。

「こうやってすり鉢状に地面を掘っていって……樹皮を広げたシートを被《かぶ》せて……穴の底の方は深く広くしつつ……で、このモルタルを塗っていく。割れるよりはマシだからな、厚めでやってくぜ。あとで焼くんだけどな」

「こ、こう？」

「おー良いな。あ、素手で触るなよ？　ちゃんとその道具を使ってやらないと手が荒れるからな」

「モングレルが前に作った石鹸《せっけん》みたいに？」

「あれは忘れろ」

「あははっ」

アルカリが強めだったせいで無駄に肌荒れする石鹸を作ってしまったことがある。スピカは事あるごとにその失敗を持ち出して笑ってくるのだ。性格の悪い奴め。

発明なんてトライアンドエラーなんだよ。しょうがねーだろ、俺だって知識として知ってはいても実践した事ないものはわからねえんだ……。

「……これなら、村長たちに奪われることもないよね」

「だろ？　あいつら美味い話だけは自分のものにするプロだからな。けどこいつは大丈夫だ。わざと村長の家からは離したからな……！」

「うわぁ、モングレル悪い奴！　でも良いじゃん！　村長たちを驚かせてやろ！」

「お、スピカ。顔に泥が跳ねてるぞ、ほら」

「え？」

スピカのちょっとだけ日焼けした頬に、白っぽい泥が飛んでいた。肌に付くとあまり良いもんじゃないからな。すぐに指で取ってやった。

「あ、ありがと」

「まあこっちは重労働だからな、俺がやるよ。そうだ、さっきまで払ってた枝を集めて持ってきてくれるか？　今回ので灰がなくなったからな、また新しく作り直さなきゃならん」

「えっ、もうなくなったの？　あれだけあったのに？　まだ全然できてないよこの溜め池」

「ほんとそれな。もうちっと作業が進むかと思ったんだが……こりゃ、気長に進めていくしかねぇよなぁ」

ちょっとした溜め池を作るつもりだったが、舐《な》めてたわ。全然工事が進まん。けど人力でやってたんじゃこんなもんか……くそ、重機が欲しい。

「これだけたくさんの薪を使ったって知られたら大人はみんな怒るだろーなー……」

「スピカ、秘密！　くれぐれも秘密だぞ！」

「……えへへぇ、わかってるよ！」

なんかその人の弱みを握ったことから生まれてそうな意地の悪い笑顔が不吉だが……信じてるからな、スピカ！　裏切るなよ！

作業が一段落《いちだんらく》したので、二人で食える果実や草花を採取しながら帰り道を歩いている。当然、持ち帰る分とは別に自分たちのおやつを齧《かじ》りながらだ。

いやぁ、労働した後の果物は美味い。品種改良もされたものじゃないし可食部も少ないが、甘酸っぱさが身体とおこちゃまの舌に染みるぜ……。

「モングレルはさ、シュトルーベをでっかくしてどうすんの？」

「ん？」

スピカはまたそこらへんから毟《むし》った花の蜜を吸っていた。

「でっかくしてさ、都会にしたいの？　町みたいな」

「そりゃまぁな。大きく発展させて、隣町……いや、そこよりももっと大きな大都市にしてやりたいね」

「ふーん……変なの。モングレル、そんなに私みたいに町に行きたいって言わないじゃん」

「まあ、よそはよそだから」

そりゃ俺だって最初に町に行った時は驚いたさ。「あ、この世界原始時代かと思ってたけど案外このくらいまでは発展してるんだな」ってなったしな。

けどそれもすげーハードルを低く設定していたからであって、いざ改めて前世持ちの感覚と照らし合わせてみると……うん。町とはいっても、やっぱ田舎は田舎よ。ファンタジー感の強いあの町の雰囲気は好きだけどな。

「……ここシュトルーベってよ、ハルペリアとサングレールのちょうど境界にあるって言われてるだろ？」

「うん、らしいね」

「まあ、ハルペリアもサングレールも、どっちも戦争とかしてててすげぇ仲は悪いらしいけどさ。だからさ、俺がこのシュトルーベを発展させて、二つの国の間を取り持つような

……そんな交易都市を作ろうと思っているんだよ」

「交易……都市？　……もうっ、またモングレル難しいこと言ってる！」

「はは、悪い悪い。……喧嘩《けんか》してる二つの国の間で、二つの国の人間が仲良くなれるような都市を作っていけたらって思うわけさ」

「……ふーん。仲直りさせるってこと？」

「そういうこと」

「すごいね」

「だろ？　まあ、そのためには村をさっさとデカくしなきゃいけないんだが……あの溜め池ですら、長丁場になりそうだからなぁ……」

果たして溜め池一つ作るのにどれくらいかかるのやら……。

「……私も手伝うよ。その、交易都市っていうの」

「お？」

スピカは口から花をぷっと吹き出し、にっこりと笑った。

「町に行くのも悪くないけどさ。私たちのシュトルーベが大きくなって、町みたいになってくれたら最高だもん。だから私も手伝うよ。モングレルのやりたいこと」

「おお！　よしよし、じゃあこれからは真シュトルーベ開拓部隊としての活動をより活発にしていかなきゃいけねぇな！」

「でもその名前はダサいからやめて」

「はあ？　なんだよ。格好良《かっこい》いだろ」

「ダサい」

「ハルペリアで今一番格好良い組織名だぞ？」

「ダサいよ」

「そんなに言うことなくない……？」

「ふふふっ」

日が傾き、茜色《あかねいろ》の空が輝いている。

今日もまたこの第二の故郷《シュトルーベ》を駆け回り、額に汗して仕事して、一日を終えた。

今よりも、明日をより豊かに。それが開拓村の精神だ。

今日はまだまだ辺境のド田舎でも、いつかは世界で一番の大都市にしてみせる。幼い俺たちはそう夢見ていた。

けれどあの時の俺は、そんな新たな明日と変化を望みながらも、隣を歩くスピカの笑顔を見ていると……こんな楽しい時間が永遠に続いても良いんじゃないかなって。そう思ってもいたんだ。


今はそんな夢も、全ては記憶の奥底に。

忘れられた溜め池の底に積もる泥のように、静かに眠り続けている。

あとがき

お疲れ様です。『バスタード・ソードマン』作者のジェームズ・リッチマンです。

この度はバッソマン第三巻を手に取っていただき、本当にありがとうございます。

第三巻でも主人公モングレルは変わらずレゴールの友人たちと一緒に楽しそうにやっている……と思いきや、最後の方では彼が普段あまり見せないような一面が描かれています。実際、他人に見せるような一面ではないので、その姿を知っているのは我々、物語を俯瞰している人間だけでしょう。彼には隠し事が多く、そして隠し事が上手いのです。多分そういう面も主人公の魅力のひとつになっているのだと思います。

他にもちょっとだけ新キャラが登場したり、街の人と交流したり、狩りを楽しんでみたり、ウルリカの成長パートがあったりなど色々なことがありました。あとは全体的に口絵がえっちでしたね。マツセダイチ様、いつも本当にありがとうございます。

三巻は書き下ろしとなるエピソードも結構多めでしょうか。それに加えて、今回はコミカライズを担当されているマスクザJ様によるおまけ漫画までついてきます。豪華ですね。バッソマンのコミカライズの連載も楽しく読ませて頂いております。原作者的には今が一番良い思いをしているかもしれませんね。マスクザJ様、ありがとうございます。

四巻が出るようなことがありましたら、是非また買っていただき、リッチマンをさらなるリッチの高みへと押し上げていただけると幸いです。

最後に、当作品を作るにあたってお力添えいただいた担当編集者のＩ様、ファミ通文庫編集部の皆様、様々な誤字や誤用や表記揺れ等を指摘していただいた校正者様、お忙しい中素敵なイラストを描いてくださったマッセダイチ様、コミカライズにて様々な描写にビジョンを与えてくださったマスクザＪ様、執筆と地獄の確定申告等にあたって多くの面でアドバイスをいただいた恵《え》ノ島《しま》すずちゃん、情緒不安定《じょうちょふあんてい》ゾンビ様、捕食者《ほしょくしゃ》様、ａｌｃｏｈｏｌガスキー様、古代種《こだいしゅ》み様、豆腐《とうふ》様、美味《おい》しそうなにくまんちゃん、そしてＷＥＢ連載版からお付き合いいただいているハーメルン読者の皆様、小説家になろう読者の皆様、本当にありがとうございました。重ねてお礼申し上げます。

それでは皆様、またお会いしましょう。

◎ 特別書き下ろしおまけ漫画 ◎

アルテミス 4Pクッキング

◎◎◎

漫画：マスクザJ

男心は胃袋をつかめ！
そ…そうなんスね！
なにごと？
ウルリカがライナに料理を教えてるようだ
モングレルにでも食わせるつもりなのだろう
あぁモングレルにね…

じゃーん！
肉と酒好きには鉄板メニューだよ
美味しいっス！ウルリカ先輩さすがっス
料理作るの好きだからね
さライナも作ってみよ
うっス！
ただ焼くだけ煮るだけならできるんスけど…
まぁ…味は美味しいかもしれないし！
ゴ
ゴ
ゴ
ゴ
ゴ
ゴ
ゴ
ゴ
ゴ
ゴ
どれどれ？
くっ
ぱ

にがい
ごめんなさい…
あやまらなくて いいわよライナ
そうね… おそらくだけど 焼き加減や 塩の量の問題ね
少しの調整で もっと美味しくなる はずよ
あはっ
さすが団長 料理はできないけど 舌はたしかだね
前はちょっと 失敗しただけよ!
見てなさい 今度こそは…

どろぉ…
すっぱい
ビネガーとオレンジを足せばもっと美味しくなると思ったのに…
団長…なんで変なアレンジしちゃうのかなぁ…
ち――ん
Fin

バスタード・ソードマン3

2024年4月30日　初版発行
2024年9月20日　再版発行

著　　者　ジェームズ・リッチマン
イラスト　マツセダイチ
発 行 者　山下直久
発　　行　株式会社KADOKAWA
〒102-8177 東京都千代田区富士見2-13-3
電話 0570-002-301（ナビダイヤル）

編集企画　ファミ通文庫編集部
デ ザ イ ン　横山券露央（ビーワークス）
写植・製版　株式会社オノ・エーワン
印　　刷　TOPPANクロレ株式会社
製　　本　TOPPANクロレ株式会社

 ISBN978-4-04-737870-4 C0093　定価はカバーに表示してあります。